中國女性文學獎得主

曹明霞

中短篇小說集

亞細亞

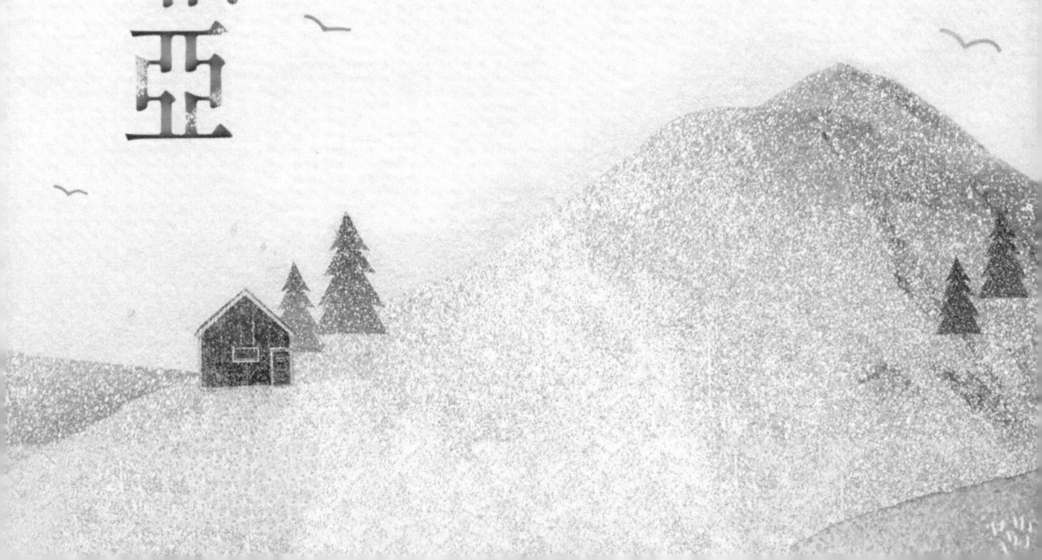

「貓空—中國當代文學典藏叢書」出版緣起

當代中國從不欠缺動盪的驚奇故事，卻少有靈魂拷問的創作自由。從禁錮之地到開放花園，透過自由書寫，中國作家直視自我，探索環境的遽變，以金石文字碰撞出琅琅聲響，讓讀者得以深度閱讀中國當代文學的歸向。

秀威資訊自創立以來，一直鼓勵大家「寫自己的故事，唱自己的歌，出版自己的書」，主張「不論任何人、在任何地方、於任何時間」都可以享有沒有恐懼的創作自由，這正是我們要揭櫫的現代生活根本，也是自由寫作的具體實踐。

期待藉此叢書，開拓當代中國文學的視野版圖，吸引更多中國作家投入寫作，讓自由世界以華文書寫的創作，中國作家的精采故事不再缺席。

「貓空—典藏叢書」編輯部
二〇二二年九月

臺灣版自序／

這個世界會好嗎？

曹明霞

很小的時候，鄰居華家男人鷹鼻深目，嗜酒。酒後不是掂菜刀就是拎斧頭，要劈女人。記憶中他家男孩光著腳衝進我家，有時是早晨有時是半夜，冰天雪地，嗓音沙啞劈裂：「我爸要殺我媽了！」

——那份驚恐，也一次次嚇裂了我的心臟。長大後極怕驚嚇，極度膽小，應是那時養成的。

有一天，大家還沒吃晚飯，街上傳來呼叫——他媽媽在前面跑，他爸拎著劈柴的大斧後面追。一街人都跑出來看，拉架，勸說，那男人見女人加速了，竟輪圓胳膊投標槍一樣把斧頭擲了出去，好在沒剁著人。再後來的有一天，中午放學時光，他母親服劇毒倒在自家院落，回家的大女兒當場就瘋了。

還有一夏姓鄰舍，那男人也奇特，他家上有老母，下面兒女成群，男人只是一普通工人，可他們家一年四季有雞有魚，肉食飄香。幾個女兒花枝招展，老爹老娘冬天皮襖夏天絲綢，他自己也吃成了那個年代少有的胖子。他家是哪來的錢呢？人們納悶兒。

後來知道全憑一張嘴，和腦絡。他會幫A求B，告訴C自己朝裡有人，北京的什麼親戚在做大官。在他的斡旋下，有的人當了兵，有的人轉了正，還有人在北京瞧病住上了院。都是一些難辦的事兒。他的老爹老娘死後還成功埋進那個著名的八寶山。

也有辦不成，露餡兒時。他就東躲西藏，扎花頭巾扮女人逃掉，躲不及時直接跳進豬圈……那時人們管這種行為叫騙子，很痛恨。沒幾年，此方法盛行，且到高層，人們開始豔羨、承認這是一種能耐了。

我曾慶幸沒有生在華家，渴望夏家。

投胎這事兒不由己，沒有人不想過好的生活。可有人一出生就是「羅馬」，而有的人卻終生要當騾馬。回首前塵，半生惴惴，惶恐多憂是常態，而快樂像日子裡的鹽。是文學，她搭救性命般，拯救了我。遼闊的閱讀和寫作，讓我沉重的身心有了片刻的輕逸，舒展，自由。也有了一片扎實的大地。

年輕時嚮往樂土，中原一居三十年，見識了北方男人殺伐用斧頭，這裡的人屠宰不用刀。土壤和收成的關係，讓我持久陷入憂傷，那是一種身在泥淖，有力使不上的絕望。

寫此篇自序時，窗外，正秋陽燦爛，馬路上卻闃無一人——生活跌進了魔幻大片樣的戲劇，這麼好的陽光，只有幾個「大白」和「紅箍」可享，其他人不許下樓。「特殊時期」，手機被迫加入了許多群，群裡見識了許多平時沒有機會打交道的人。一個短視頻，一年輕男子正崩潰般的自搧耳光，左手狠抽左臉，右手猛打右邊。下面是一片呲牙的笑臉，還有人說講究，打掉了口罩還不忘戴上——同胞遭難動物尚且兔死狐悲，這些，還是人類嗎？

有人在罵染冠者是「走地雞」，怪她到處走。這些人對每天免費的捕測幾乎是興高采烈，按著大喇叭的吆喝排長龍，一個一個，毫無挂礙、也毫無心理障礙地張大了嘴，伸上去——魯迅筆下那些麻木的人，他們冷血的子子孫孫，一直活到今天。

還看到一則消息，海那邊那個女作家，她的書不許看不許賣了。而此時，這套書還在編印中，允許賣允許有人閱讀。有一點點慶幸，也有一絲絲羞恥。

這個世界會好嗎？

業餘寫作幾十年，創作過很多種文體，其中最愛的，還是小說。為之嘔心瀝血。那些書中的人物，曾陪我度過許多歲月。文學之於我，是生命的撐持和苟延，她幾乎宗教般，撫慰著我的精神和情感。二〇一五年冬，有幸受秀威之邀，去海那邊走了走，看一看。曾與一出版界令人尊敬的老先生會面，他本身也是很優秀的作家，出版了很多自己和同行的好書。當時，他把一本書平攤開來，放在桌面，中間的書頁柔軟而有韌性，絲綢一樣順滑。老先生慨嘆多媒體對紙介的衝擊，那份敬惜，珍愛，至今讓我難忘。他說文學也是他的宗教。

汽車終止了馬車，是人類的進步。但汽車是要有剎車的，沒有剎車的狂奔是可怕的。拙作文叢，自知是巨浪中的一滴水，一塵沙，讀者有限，稿酬也不可觀。但我心中，還是懷有一份夢想，一份羞澀的，可能會被人嘲笑的希望夢想：未來有一天，某書店翩翩走進一個人，或兩個，他們是關錦鵬李安以及那些熱愛藝術的行家，這套蘊藉著我生命的悲喜之書恰巧與他們相遇，一閱還很會心，嘿，這部小說我要改編她！

——多麼美好！

最近新開頭了一個小說，開篇用了東亞諺語：「河水高漲時，魚吃腐蟲；河水乾涸，腐蟲吃魚」。一個人一生的幸與不幸，與時代的漲落有關，也與自身角色相涉。生在華家好還是夏家妙？端看自身所處的網格。華家那個持斧頭的爹，他掌管著全家人的命運，生殺大權，對他來說，全是好日子。而夏家呢，那些兒女們，老爹們，則顯得幸運。

金魚是需要一泓清水的，蛆蟲熱愛腐灘。當滿天下都是一口大爛泥塘時，那泥鰍這個品種，它一定活得最歡。

網上又在流傳一張圖片，「這個世界會好嗎？」——有人把原來的答案「會的」劃掉，改成了「等通知」。

抬頭看窗外，整整封閉一星期了。群裡大家都在問：什麼時候可以解封呢？什麼時候可以下樓？明天允許大家出門去自己買菜嗎？孩子能不能上學？

還有問俄烏炮火的，問怎麼才能出門治病？去奔喪行不行？

管事的一律回答：不知道，等通知！

所有人的生活，在等通知。

身心疲憊。我關掉電腦再次來到窗前，窗外，秋陽已涼，寒意許許。如果此時可以去戶外走一走，該多好啊！可是不能，暫時不被允許。明天，明天可以嗎？我問蒼天，蒼穹巨石般沉默。

里爾克說：「我們必須全力以赴，同時，又不抱持任何希望。」

只能如此。

感謝敏如，感謝人玉，感謝秀威，也謝謝和這套書相遇的讀者。

——明霞於二〇二二年九月，河北

目次

耶穌大哥

「哎，我說，我今天來，是求你幫我，幫我介紹介紹。介紹個處長也行，老頭兒也行，多大歲數都行。實在是走投無路了。」她平靜地說。

他略皺眉：「處長啊，那可不大好說。現在的機關，別說處長，就是普通員兒，走單兒了，也馬上有人惦記，搶手得很。那些老頭兒們，倒是有，可是，他們年紀也忒大了，退休多少年了，退休沒權了妳也找啊？」

「他現在沒權，當初不是有權嗎？他提拔過的人不是有權嘛。那些被他提拔過的，不照樣聽他的話？」

「妳這小腦袋瓜子倒挺好使，會推。」男人到她的額頭上杵了一下，輕輕地，親昵加曖昧，也有一點試探。這讓她想到了曾經的姥姥，她母親的媽媽。兩個老人都不在了，母親年老時，總是自豪地回憶，一輩子沒挨過姥姥一下打，頂多，就是拿手指頭到她腦門兒杵一下。老家的方言，那一杵叫「攢」，母親說姥姥只攢她一下。姥姥攢母親，母親也攢她，一代一代，在攢中體味的是疼愛。現在，愛她的人都不在這個世上了，她的腦門兒，多少年都是空曠寂寥。此時，這個老男人的手指頭，雖不是愛，他有家，但也體會了慈祥。

至少不是惡。

男人看她面容不怒，有鼓勵的成分，膽子就大了些，像複習剛才的動作，再點一下。點完，又四指併攏，越過腦門兒，下滑到後腦勺、脖頸，肩膀，再回撤到胸前，停住了。女人也沒動，端端地看著他，眼裡有笑意，也有，一點小挑釁：這裡是走廊，在人來人往的走廊，你想怎麼樣？

男人還是有韜略的，他懂得適可而止。他女人一樣軟軟的小白手，瞬間攥成了一隻小拳頭，微咳，用拳頭堵住了嘴，鎮靜一下，又很自然地鬆開了。

女人心裡笑了一下，男人打開來的小巴掌，又白，又胖，十個指頭都留有尖尖的指甲。沒有鬍鬚，稍端詳，像個老太太。男人女相，富貴命呢。

兩個人無聲地用眼睛互相看了看，他們是拐彎的工作關係，攏共見過三次面：第一次，女人騎著自行車，去幫上級送材料，送酬金，這是領導交給的任務。他們是一家文藝單位，每有好的演出，都要去相關部門表心意。第二次，說好下午兩點，她給他們送最好的票。結果，天刮大風，她灌了滿嘴沙子，到他們辦公室時，他卻走人了。走前連個招呼都沒打。她電話問他，他說陪老領導去醫院了，是突然有事。爽約就不能提前告訴一聲嗎？是他根本沒把她當人，上級單位，就是這麼霸道、豪橫。她當時很氣憤，真想電話中斥責他。可是，她壓住了脾氣，一連聲的說著「沒事，沒事」，好像該抱歉的是她。

人生艱難，誰還敢惹他們呢？這個城市最有權力的部門。

其實，這個男人本身官兒並不大，五十多歲了，才是個副處。但他的部門，重要。他的領導，厲害。他們是說句話就能讓別人命運拐彎的人，簡直就是上帝延伸出來的手臂。更早之前，女人對他並不在乎，心想領導巴結，是領導想進步高升，我一小卒，上班撞鐘的，跑腿而已，怕他們什麼呢？那時的她活得意氣風發，比領導還像老大，整天上班，根本不用看誰臉色，藝術單位，埋頭你的藝術就行了。自在得很呢。

後來，懂藝術的女上司走了，來了個男官僚，搞人事的下來的，他把全團一通整，她就被整進了死胡同。進，沒路，退，也退不成。這時候，她才體驗到了什麼叫整人、挨整。她們的系統有很多院團，她想到另一個團裡去。前幾天，電話中期期艾艾地跟孫哥說到了自己有事，孫哥就是孫副處長。她知道孫副處長一句話，就能讓她脫離苦海。孫副處長在那頭，半天沒有表態，一直沉吟著，不出聲——副處也是處，尤其這種大機關歷練的，遇到事，能沉住氣，風格和做派跟大領導完全一個樣，不動聲色，只看妳一個人表演，現形，獻醜……。女人在那邊語無倫次了半天，表示她會感謝的。孫大哥說：「電話裡咱不說這事兒。」她越急，他越穩，電話中她都把話說成了車軲轆，越說越亂，那份整她的錐心之痛，她沒表達出來，說了半天，倒像沒事兒找事，無理辯三分兒。最後，他可能有別的事了，才淡淡地，賜了五個字：「見面再說吧。」

今天，他突然打電話，叫她來吃飯。快五點了，攢局，臨時起意，臨時抓人，這都表明她來了是個飯搭子。她當時正練瑜伽，不願意來，可是坐在那石雕一樣待了三分鐘，站起來，啥話也沒說，就來了。

私人會所，不豪華也不高端，廁所連著的外間有一個小過廳，黑暗，有黴味。她和他就面對面地站在這兒，背後是牆。剛才，他先跟她說：「妳說的事兒，不是不能辦，但現在辦事，得這個。」

他比劃的是錢，還少不了——他伸出了巴掌。她沒有錢，有錢也捨不得，她是獨身帶著兒子，唱梆子現在也不掙錢，她們院團改制。她看孫大哥不肯捨面子，就說讓他幫她找一個對象，老頭兒也行，處長也行，反正，她現在想跳出火坑。沒有勢力的援手，她出不來。她還說：「如果我有丈夫，他們敢這樣欺負我嗎？」

他說：「關鍵是，我昨天還去了一個老領導的家，跟妳說，那哈喇子淌多長，這樣妳受得了啊？」

「都要飯了，還能嫌饅?!」女人說。

「那，妳就為這點事兒，非得嫁人？」

「不找怎麼辦？我現在，頭髮嘩嘩掉，都快成禿子了。」女人說著，拿手撫捋著頭髮，讓男人看。女人的頭髮細而軟，為掩蓋稀薄，她燙成了小爆炸。饒是這樣，頭頂，也一片荒涼。

男人搭上來一隻胳膊：「要不，妳跟了我吧，跟我，我幫妳。」

「你？」女人抬起眼皮兒，她曾經的雙眼皮兒，現在，歲月熬糟之下，已經三層、四層。她的眼睛太大，年輕時被誇過明眸，時光拉扯，明眸有了牛眼的徑度，快占了半張臉。黑幽幽的，滿臉都是疲憊。她說：「你不嫌我老？」

「老什麼老，妳是我小妹兒。」

女人心裡有點感動，這個女相的男人，看來，心腸還是軟的。才大了幾歲，卻肯稱她小妹兒，女人自己都不好意思。但她領情。她快速地把男人打量了一番，他矮身量，除了那個鼓肚兒，其餘皆顯白。十指的長指甲，讓女人略不適，她年輕時找對象的條件之一，就是男人不能留小指指甲。

這個，竟留了十個。那時她還年輕，找對象挑順眼的，後來有了孩子，順眼的被別人又挑走，離婚。即使孤兒寡母的歲月，她挑男人的原則也沒有變，就一直單著。有藝術陪伴，日子還不是太難過。現在，她遇了難，過不去的困難，而眼前這個人，十指皆長。她垂著眼皮兒想：長就長吧，反正，他也不是我天天要看的人。

現實已讓她沒得挑。

另外，在這緊急關頭，他能這樣說，也算捨身取義了。接盤俠呢。從這個意義上說，他簡直就是恩人。

然後，他搭在她肩上的胳膊，她就老老實實地承著。

「咦，哎，你們倆，啊——啊呵呵！」——飯桌上走來如廁的周老闆，猛然撞見了他們，他急忙收住腳，咦呀了半天，又沒什麼可說的，一頭，衝進廁所去了。

「那，咱們就這麼定了。」男人一摟她，兩人大大方方地，回到了餐桌上。

再坐下，關係就變得從容了。從前，幾次相見，是單位和單位的關係，上級和下級的關係，現在，上升為個人與個人、男人與女人的關係了。坐下喝酒，他開始護著她了，像保護自己的女人。剛才，上廁所的那個愣小子，小周總，回來。就提議乾杯。「乾杯，乾杯，乾杯！」女人聽話地端起了杯，男人一伸手，說：「女士自便吧。」就這一句，聖旨一樣，所有人都遵從了。女人也把酒杯放下。

她是不願意喝酒的，她都好久，沒有睡好覺了。

酒桌上，有叫他孫哥的，有叫他孫主任的，還有一個叫他大舅。錢小眉這時才知道，孫副處長從前是孫副主任，管過一個什麼中心，官位雖沒提，但現在比從前更有權了。所有人都敬著他，幾圈就喝多了，他一遍遍含糊地叫著小眉，硬舌頭加重了他土氣的鄉音，聽著像小妹。小周總讓出了身邊的位置，讓錢小眉坐到孫主任身邊去，小眉裝著沒聽見。孫主任向眾客人再次介紹了錢小眉的聲名——市梆子劇團的演員，年輕時還拍過電影。旁邊坐著的那個管孫主任叫舅的人，立即說從小看她戲長大的。小眉如坐針氈，她是演過電影，可那種戲曲電影錄得跟鬼一樣，根本看不出誰是誰，早都沒人記得她了。就是團裡演梆子，她也十多年都沒上過A角了，是B，替補，備胎。這有點像她不走運的人生。

小周總又倒滿了一杯，敬小眉，小眉不喝，他自己先乾為敬了。這一切都是做給孫主任看的。左手邊的那個外甥，管孫主任叫大舅的中年男人，看年齡跟孫主任差不多，估計孫主任跟他姐一點關係都沒有，不定拐多少彎，從老家那邊論過來的。小眉她們團裡的瓊花，就有很多這樣的關係，那些人都管她叫姨，瓊花發達了，家鄉的鄉親就特別多，都找來，攀她為姨。眼前，這個外甥，叫大舅叫得很真，很親，他還一遍遍地起鬨，敬小眉酒，好像在對待他的親舅母。「乾杯，喝！」自己乾了半天，還要加小眉微信，說以後找小眉玩。這口氣，就不像對待舅母了。小眉想，一個賣藥的，找她一個過了氣的演員，有什麼好玩的呢？

右邊的吳畫家，他頭髮又長又打綹兒。看得出，他的生活品質不會太高。小眉現在明白了，今晚宴，是周老闆請客，整桌人，都是為孫副主任服務的。孫副主任白天是主任，晚上是畫家。周壯壯算經紀人，今晚這個私人會所，也是周老闆的。吳畫家呢，跟孫副主任亦師亦友，白天是名師，晚上的酒桌是朋友。那個外甥，算是拎著豬頭找對了廟。小眉終於明白了，這些人，和自己大概是一樣的，都有求於孫副處長。只是今天，他們喝的是閒酒，沒事也要多聚聚，養著，供著，培養感情，對孫大哥好，就是對自己好，對自己的未來好。喝到後來，這些人差不多一致地管孫副處長叫大哥了，不叫孫主任，也不叫孫處長，叫大哥，近。

小眉也跟著叫，孫處長慷慨啊，敢於把問題扛到自己的肩上，而不是順著她的思路，幫她找什麼老頭兒，仗義！「跟我吧，問題我幫妳解決。」妳錢小眉還有什麼可說的？想找老頭兒，處長，不也是為過難關？小眉接下來在席上顯得愣愣怔怔的，主要是有點走神兒；她是發過誓不當小三、小四的，要找，就堂堂正正、正正經經，即使找個武大郎，也是自己的男人，不用偷雞摸狗。團裡的小姐妹，跟有家的男人胡扯，那教訓還少嗎？她錢小眉不幹那傻事。可是，這一原則，看來，今天是要打破了。

她偷覷了孫主任一眼，又一躍千里地想到，這個女相的男人，他老婆是幹什麼的呢，男相的女強人？不管什麼型的吧，別把耳光搧到我臉上就行。實在是沒辦法了，她暗暗地嘆了口氣。

大家都喝得高興，又划拳又加微信的，看來，他們也不是都熟，活得都不容易，大家都需要這樣。小眉打哈欠了，她不喜歡人多，尤其是男人的抽煙，嗆得她睜不開眼睛。況且，晚上孩子還有事，該找個藉口溜了。她悄悄給女友劉洋發了短信，幾分鐘後，電話響起來，她故意按了免提，電話那端急促：「小眉啊，妳在哪呢？那什麼，快別吃了，我有急事，在妳家門口呢，行，行！」

小眉臉上的焦急恰到好處，一個戲曲演員，戲演得沒什麼名堂，生活上小小的表情包，扮起來還是不難的。她邊把手機往包裡裝，邊說：「好好好，馬上，馬上。」說著，站起來抱歉地看著大家，說：「你們慢吃，我先走了。」孫大哥用手背兒向她搧了搧，賜予她「走吧，走吧，回頭聯。」

那表情，讓小眉很篤定。

小周總把她送到了電梯口，私人會所，進和出都是暗道的。

是打車還是坐公交呢？小眉心裡猶豫著。這個城市的公交線路不發達，她此時回家要倒幾次，黑黢黢的小街，路燈昏黃。她正躊躇，一輛空出租駛來，她一狠心坐了上去。

這個年齡了，對花錢還如此節儉。市梆子團，實行了改革，第一輪改時，有一半人下了海，電視上那些打來打去沒臉的，都是她的師兄弟；第二輪，瓊花當了團長，跑資金要專案，一齣戲三五百萬，孫主任就是那時攀上的，他能輾轉叫有權的人給她們批錢。瓊花能幹，每一齣戲都到北京整個大獎，整幾整，瓊花有成績了，團長就不當了，升到了集團公司，副廳級的經理；第三輪改革時，新任團長小武，自己是一級演員，還兼著導演、主演、書記等。他拿最高的工資，小眉連粥都沒得喝了。因為武團長要按角色分配薪酬，用角色評定職稱。沒有戲演就評不上職稱，沒有職稱就演不上戲……。小眉進入了閉環，她既沒有戲演，也評不上職稱。團裡有兩個姐妹，一個的原配丈夫是老幹部，日子好過。另一個，離了婚嫁了個老幹部，雖沒戲演，日子也不愁，怎麼改革都改不到她，平時班都不用上。小眉後悔當初沒隨師姐去當「飛替」，如今年紀大了，身段硬了，她在狠練瑜伽，為的是再謀生路。可聽說，那些替身，晚景並不好，都落了傷殘。

小眉的兒子在讀高中，上大學這筆錢，是迫在眉睫了。還有接下來的娶媳買房，想想都頭疼。跟兒子爸爸離婚時，孩子才三歲。那時的她腦袋可能被踢了，兒子未來需要很多錢，這個概念她一點沒有，就是覺得那人不配當夫、當父，自己配，就自己養。她沒有成舞臺上的秦香蓮，而是穆桂英般，有膽量，有志氣，咬咬牙把兒子養大了。可是，院團越來越不是從前的院團，連兒子，長大的兒子，都嫌她傻，說她活在戲裡。妳活在戲裡，得有戲給妳演呢。現實面前，她又回到了要找男人，來解決「生活」的一途……

沒到家，就接到了兒子電話，兒子說今天老師又統計人數了，問他到底報不報，如果不報，明天就不等了。全班只差他一個了。

小眉拿電話的手有些涼，耳朵也像怕扎著似的，挺得遠遠的，她慢慢地說：「報，報，報吧。」

兒子今年高二，學校組織了歐洲夏令營，一個月，三萬塊，家長們都很願意。留學前，能讓孩子見識見識，哪個家長不願意呢，雖然費用有點高。錢小眉也想給兒子墊一步，沒有父親，已經很對不起孩子了。可這硬挺挺的三萬塊，著實心疼。兒子的夢想一直想當帥帥的警察，這孩子是港匪片看多了。他不知道，現在的崗位，別說警察，就是進到小眉她們這樣半死不活的團裡，沒有個十萬八萬，也敲不開啊。家裡若真有錢，送他留學多好啊。錢小眉沒什麼文化，歐洲、美洲在哪兒，她都分不清，但她隨大流兒，她知道大流兒就是好的。在她周圍，但凡有點能耐的，孩子都出國了。問到誰家的孩子，不是美國，就是澳大利亞。瓊花的兒子在紐西蘭待了五年，說沒意思，就又回來了。瓊花把他安排進了公安廳，一個學藝術的兒子，能進公安廳，不知瓊花怎麼整的。

她心裡一直羨慕瓊花有本事。她們是十二歲時一起進的團，當時藝校擴招，財政吃緊，她們倆就都被招進來了。她倆的條件都不怎麼好，一個黑、瘦，一個蒼白，瓊花是嗓子好些，小眉面皮亮。梆子戲憑的是大口唱，滿腔嚎，舞臺上嚎起來，響遏雲霄。那時，梆子團經常下鄉，露天舞臺，滿地的觀眾幾十里，百姓有聽戲的需求。沒幾年，觀眾的耳朵就挑剔了，眼睛，也朝三暮四。戲團賣不出票，排的戲沒人看，也沒地方演，慢慢地，也沒錢排了，團裡就改革了。改來改去，還不如舊時的戲班呢。瓊花當了團長，她把別人都改下海了，她自己，又演戲又拿獎的。有孫副主任幫忙，上面還給她們撥了大筆的經費，瓊花就做到了一枝甘蔗兩頭甜！很多人對瓊花有意見，小眉倒沒什麼，她心裡嘀咕的是：團長啊，當官兒啊，這些都是男人的事，而現在，瓊花也常坐到主席臺上，給別人開會了，三個堅持、五個必須的。當年那個倆五都不知一十的黃毛丫頭，現在，在做重要講話。小眉常常聽天書一樣看著牆壁。

她自己的思想水準，還停留在「君王氣已盡，妾妃何聊生」的階段，舞臺上陳世美啊，秦香蓮啊，苦等了十八年的王寶釧啊，這些陳腐的榜樣，曾一度占據了她的心。她邊上樓，邊計算著剛才兒子說的三萬元，一天一千塊啊。如果這一千塊錢讓她一天花完，她還發愁呢。老師說，一天一千，是撿了便宜呢，老熟客，才打這個折。不然沒這個價。

這些國家到底有什麼好？小眉並不曉知。二十年前，瓊花去過歐洲，據說那裡城安靜，人安逸，連大家的眼神，都是舒展的。那裡的人信了上帝，天主——「主啊，我依然在奔命中，即使我已經忘了祢，請祢，請祢也一定，不要忘記我！」——小眉突然想到了這句禱詞，是上次跟劉洋去教堂學的，牧師一遍遍地領頌。想到這兒，她突然淚流滿面。

進了家門，又接到大姐的電話。問她幹啥呢，讓她明天來家吃飯，一家人好久沒聚了，要過端午節了，一起吃個團圓飯。

小眉看看手機上的日曆，這麼快，就端午節了，自己竟這樣渾噩。父母不在了，大姐家成了娘家。每到過年過節，大姐都招呼大家去她家吃飯。小眉坐在鞋墩上，腦子在胡思亂想。剛剛的飯局。孫副主任、周老闆、吳畫家，還有大外甥們。她又想到了瓊花。瓊花會活啊，戲好演時，演戲。官兒好當時，當官兒。人家現在，根本就不用靠男人了，倒是男人，要靠她。她的兒子，也是因為她，才過上了幸福的生活。可自己呢，三萬塊，一個夏令營，都做了多少天的癟子，哪還配當媽啊。瓊花到底有什麼法寶？把人生經營得那麼好？按說，她方方的腦袋，嗓音，也總是劈叉。論家境，小眉穿裙子時，她一直是褲子。小眉有首飾時，她連妝都不化。小眉相信瓊花是既不憑錢也不憑色的，可她，到底憑了什麼，和小眉不再是一個階級了？

她曾把這一問題請教過劉洋，劉洋說：「就衝妳問這弱智問題，就證明妳腦子有毛病。妳是不是想說，大家開始都一樣，後來咋不一樣了呢？若按妳這套理論，當初多少人都和那誰——」（她點了一個大人物的名字，那是天天上新聞聯播的——）劉洋說多少人和他同過學、同過桌呢，現在，是不是也都得當國家主席？沒那麼論的！這就像人體的髮毛，不分先來後到！

小眉和劉洋是年輕時就認識的，那時小眉是演員，劉洋是晚報記者，劉洋沒有孩子，生活品質很高。劉洋的筆，除了寫雞湯，還寫詩。有一次小眉家人聚會，劉洋也來了。席間，當醫生卻有詩人夢想的哥哥，跟劉洋聊了起來，雪萊、普希金，他們很激情。劉洋還示例說，魯迅棄醫從文，成了大作家。那後面的意思，是醫生這職業，把她哥這個詩人給耽誤了。

嫂子沒有好臉色，她說：「醫生也好，詩人也罷，沒飯碗，都喝西北風！」

大姐和姐夫下崗後開著一家粥鋪，粥鋪有一道特色醃菜，吸引著顧客絡繹不絕，那是大姐夫的手藝。大姐夫信上帝，大姐信佛，在他們家後屋的老牆上，釘著一小幅油畫，日久的煙熏，讓那上面那個叫耶穌的老頭兒，臉上湧著和蒙娜麗莎一樣模糊的微笑。畫上，是五餅二魚的故事。耶穌在眾弟子的圍護下，讓他們吃不盡，用不完。

在醃菜缸的牆角，供著佛龕。離苦得樂，脫離苦海，這是大姐的信仰。佛祖告訴她，人生就是苦的，把苦當蜜餞來品嚐，日子就好過了。

平時，兩人各信各的，耶穌簡單，不吃不喝，只是牆上掛著。佛龕這個，要費些事，平時燒香，逢年過節，大供。有時，捨不得買一件新衣裳的大姐，會向寺廟捐錢。這也是她的信仰，叫什麼貢。小眉有點崇洋媚外，她覺得還是大姐夫的這個，耶穌大哥好些，省事。心裡有就行。

菜齊了，一家人圍坐在桌上，大姐夫還是那麼沉默，他好像一輩子，都沒說過幾句話。大姐夫深目，長瓜臉兒，長鼻子，長下巴，額頭上，還有一圈黑疤，那是他早年當知青時，農場留下的。哎，那兒有點像耶穌頭上的那道荊冠吶——小眉忽然想。她和女人們端起了飲料杯，男人端起了酒杯，感謝著大姐的辛苦。他們總是這樣做出一桌子好菜給大家吃。很快，大家吃得熱烈，媳婦和媳婦們聊，孩子和孩子們嬉。小眉和哥姐，是一組的，他們聊起了物價、疾病、貧富，二姐首先怪爹媽給大夥兒起的名字不好：「你看咱家姓錢，不是錢大沒（梅）就是錢二沒（梅）、錢小沒（梅）的，錢都沒了，日子能好過嘛！」

「也是，」小眉附和說，「要是咱家姓霍，這樣起倒好了。姓錢，也不好好想想，這梅、那梅的。」小眉進劇團時，是自己作主，把小梅改成小眉的，音同字不同，她希望改變命運，也沒什麼效果。說起兒子要去歐洲的夏令營，大哥問：「三萬塊？那不是喝人血嘛！」

小眉沒有把眼珠轉給大哥，大哥就是這樣，對所有問題，都是一個辦法，就是批判。她最希望的，是二姐接茬兒，二姐家條件好，能搭她一把。可二姐把話題岔開了，自己重新起了個頭兒——她說：「都說錢難掙，屎難吃，其實最難的，是進體制內了。」二姐一心想把女兒辦進旱澇保收的體制內，可是辦了好幾年，也沒辦成。女兒每每抱怨私企，受盡了剝削。二姐就勸小眉：「妳得知足，別看妳們那爛劇團，沒有人看戲，可是再不好，它到號就發工資吧？而我們呢，哪一天不是白爪子撓成了黑爪子？別心疼那三萬塊，打耗子還得下油漬撚兒呢，改變階級，是大事兒，得出本兒！」

「我手裡，現在，不夠。」小眉囁嚅般，眼睛直直地看著二姐。

「我給妳拿吧，反正小美的工作也辦不成，錢擱著也毛。」二姐終於慷慨。

小眉說：「先借，攢夠了就還。」

二姐臉色一沉，說：「就沒指望妳還。行，當我入股吧，妳兒子將來有出息了，別忘了我就行。有了能耐，也幫幫我們家小美。」

小眉重重點頭：「一定一定。」

大哥翻了翻眼珠，他說：「就不該花那大頭的錢，日子不富還從名兒上找原因，多少錢，也禁不住妳們這麼造哇。那些仲介機構，就是騙妳們這樣家長的。」

大姐道了一聲法號，她說：「不管怎麼樣，我們的日子也比從前好多了吧，小時候，大夥兒連飯都吃不起，天天三根腸子閒著兩根半……。」她的這一貧窮話題，立時勾起所有人對童年的回憶。那時候，鄰居家有一個姓劉的，他們家太窮了，有多窮呢，全家人炕上沒有一條完整的被，身上沒一件囫圇衣裳，外號窮劉子！窮劉子家裡的男人出門，要拎一隻簸箕，因為沒有褲子，男人要邊走，邊前後遮擋，前面來人了就擋前面，後面來人了擋後面——光著腚，走成了扭股糖。可即使這樣了，遇見鄰居問他幹啥去，他會說收米去。意思是他拿的簸箕要去收米——冷尿熱屁窮撒謊，越窮越撒謊！大家說到這兒「嘎嘎」都笑起來，窮劉子家給她們的印象，太深了。大姐的孫子問：

「奶奶，啥叫冷尿熱屁窮撒謊啊？」

大姐說：「人冷呢，就有尿。熱了，屁多。而窮，人要是太窮了，就天天撒謊，不撒謊沒法活，一個屁八個謊兒。」

大姐的解釋讓小孫子更糊塗，他歪著腦袋，還想再問。小眉接過話來說，她說：「我覺得不只是窮，撒謊；恐懼，更讓人撒謊。」

一桌人都看向她，不明白恐懼是什麼意思。

小眉說：「比方說我吧，一面對團長，我就想撒謊，差不多在他面前天天撒謊。不撒謊，沒法活。大家也是，跟我一樣，怕他，就得天天整假的，他還以為那些話都是真的呢。」

「那小子比瓊花還厲害？」家裡人都熟悉瓊花，一個地方出來的。

「比瓊花可狠多了。瓊花當團長時，還只是偏心，誰溜鬚，給誰好處。而現在，小武團長，毒得那叫寸草不生啊！你躲著他、繞著他都不行，那是蔑視領導，冷淡罪！照樣給你拎過來，整治你。凡是不湊前的，都整！」

大哥說：「我就不怕這樣的。我這一輩子，在單位不敬官兒，不敬財，我只敬好的人品！」

「所以你才下崗啊。」大嫂說。一句話打到了大哥的七寸。

大哥原是央企，央企的醫院，醫術自比華佗，經他的手，也確實治好了無數人。可他不屑去寫什麼狗屁論文，還要交錢。他對現行的這一套非常憤怒，憤怒也沒能阻止他被改革的命運，一輪一輪，他下崗了。現在是給民營醫院當專家，受剝削地幹活。大哥是五十年代生人，思維、觀念，都是那個年代的。他用手指了一下佛龕，說：「大姐，妳指望一個泥胎來保護妳？那怎麼可能?!還有那個，叫什麼耶穌的外國老爺們兒，自己都被釘死了，自己還救不了自己呢，怎麼救別人？還救全世界！我真整不明白了，你們都是咋想的——」「哥，你可別那麼說，更別指。」大姐急得臉都紅了，她站起來，手中像是要去盛菜，身體，站到了佛龕前，護衛一樣，擋著，要跟大哥理論。大姐夫站起身，接過她的菜盆，無聲地，去盛來他最拿手的醃菜。待大姐夫往桌上放菜盆時，他的側臉，讓小眉更覺他像一個人，牆上那個，大哥說的外國老爺們兒。

「阿彌陀佛，恕罪，不知者不怪！……」大姐叨咕。

大哥掏出一個小日記本，還是那種老式塑膠封皮的。他把它翻開，遞給小眉，說讓她看看，他最近寫的。大哥敬佩魯迅，也有棄醫從文的理想，無奈養家糊口，只能邊醫邊文。他寫的詩歌、散文，小眉的好友劉洋，都幫助發表過，他現在打開的，還是這個意思。文不掙錢，還要找人發，大哥有這個願望。小眉看到，上面的詩是手寫：

起來，不願做豬狗的人們，
你們僵屍般的血肉
已築起新的長城。
它們像橡膠，沙土，岩石，
現在真的很危險　很危險！

起來，奴隸樣可憐的人們
四周的毒蛇，已將我們的血肉，
飲光吃盡。
所有人都在裝聾作啞
恐懼，也會將所有人窒息。

愚昧讓空氣混濁
麻木令太陽冷漠
邪惡
使很多人的心，
都漚成了
黑色。
起來，
醒來——起來！
……

詩歌沒有寫完，大哥展示給她像是討教，實則有幾分小炫耀，他多次向劉洋、妹妹表示過自己為了家人的糊口，才一直端著行醫的碗。而他的才華、思想，就是當代二魯迅。小眉沒有哥哥那般深刻，她也懶得想，自己的日子還忙不過來呢，哪有時間管別人，愛咋咋。她合上本子，說：「大哥，劉洋已不在晚報了。上個月，他們晚報就關門了。現在的報紙不行，沒人看了。」

吃到後來，大家又議論了些別的。大姐的兒子抱怨公司裡人精太多，太會鑽營；媳婦說：「爛泥塘的世道，就是泥鰍才好活！」二姐的女兒說，她們那兒永遠是強者通吃；女婿說：「水大漫不過鴨子……。」小眉驚詫著年輕人，都這麼老道、世故，說出的話這麼老氣橫秋了。她暗想，一定得湊出三萬塊錢，讓兒子參加歐洲夏令營，萬一他開了眼界，將來能好點呢？錢家出息一個，和眼前這些有點兒區別。

飯畢時，女人們要留下來幫大姐收拾。大姐連說：「不用，不用，孩子小，趕緊都回家，你們走了我省心，我拾綴得更快。趕緊，別讓孩子睡半道上。」

只有小眉留了下來，她今晚是打算在這兒住了。母親沒了，比她大十幾歲的姐，成了母親。每次來，她都是倚到沙發，東看看，西玩玩，有時，也看他們幹活。大姐夫的兩隻長手臂，要不停搬動醃菜缸裡的石頭，從這缸挪到那缸，那些醃菜，出奇地好吃，醬香。他幹活時一般身著套頭大圍裙，瘦削的身上有袍兒的效果。再加上那長瓜臉，深目高鼻，側面看真像耶穌呢。他吩咐大姐，把那吃剩下的，斂到籃子裡，明早他們繼續吃。

大姐手腳麻利，一桌人剩下的，斂巴斂巴，竟裝了一小籮筐。牆上那個「五餅二魚」的故事，小眉熟悉。那故事說，眾人吃飽後，耶穌命門徒們收拾起零碎，免得有糟蹋。眾門徒將五個大麥餅的零碎，收拾起來，裝了滿滿十二籃……。大姐幹活喜歡嘮叨，大姐夫則默不作聲。昏暗的燈光把他們的身影映到牆上，小眉想到大哥說的「那個外國老爺們兒」，她笑了。

這時，她手機響。一看是孫處長來電，她趕緊起身進到裡屋。莫非事情辦妥了？小眉狂喜，開口就叫著「孫大哥」，不稱職務，親切。

孫處像是又喝酒了，他舌頭有點硬，把小眉叫成了小妹。問她在哪兒呢，小眉擔心他這麼晚打電話，是要叫她出去。馬上撒謊說，在大姐家正吃飯。

「這麼晚了才吃飯？」

「是，全家人多，吃得慢。」

孫主任沉吟了一下：「那，妳現在說話方便嗎？」

「方便。大哥你說。我出來到另屋了。」

「嗯，是這樣，妳的事兒，我託人問了，不行，難。」

小眉那邊沒吭聲。

「現在辦事不能光說。」

「那，要怎麼辦？」小眉舉著電話要踱步，可臥室很窄。

「還是我上次跟妳說的，少不了，這個。」孫處長可能比劃了一下巴掌，他說，「即使這樣，也不一定行，不是拿錢就能辦的。」

「我沒錢啊，我兒子要去夏令營，錢還沒湊夠呢。要不，我先買點東西，去看看人家？」

「現在誰還要東西啊。」

孫副處長像是長長地吐了一口煙。

小眉有點呆傻，這不是又回到了原點？他昨天咋說的啊！

電話那頭孫副處長清了清喉嚨，乾咳兩聲，對著話筒大聲說：「小眉，跟妳說吧，不是我不幫妳，是實在沒條件。現在打電話，還是偷著跑出來的呢，我媳婦盯得太緊！明天，明天我還是幫妳接濟著老頭兒吧。大哥不行，大哥耽誤事兒。……再說了，還是老頭兒們說話管用——」小眉在那邊終於聽明白了，孫大哥今晚的電話不是報喜，是報喪。她愣怔地舉著手機，像舉著一塊很重的磚頭。

——寫於二〇二一年冬　河北

命運底牌

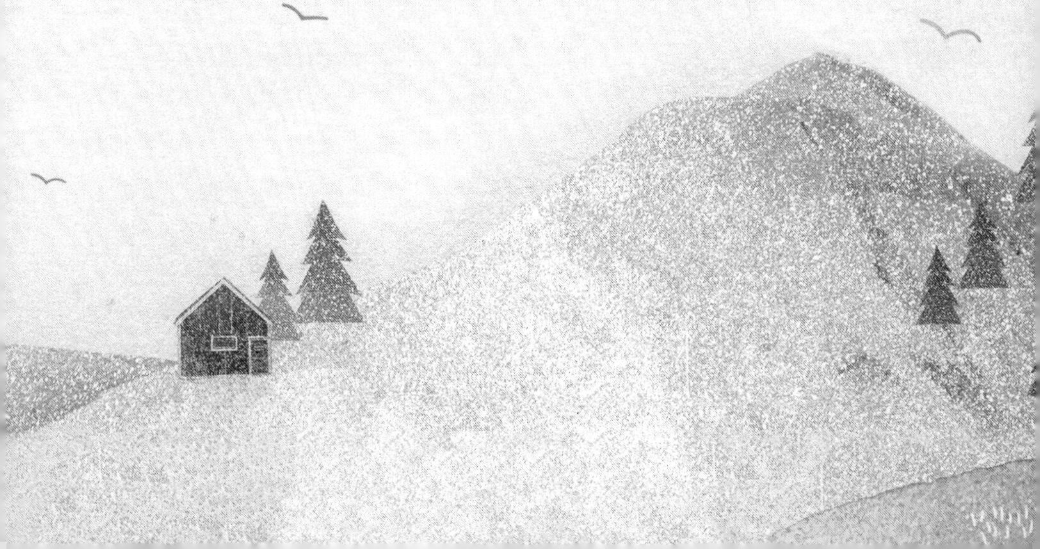

造物主創造了萬物，可勺並不知道自己是勺，它一直拿自己當桶。

——題引

一、序

章慧進來的時候，大姐章華正坐在沙發上，蜷起一隻腿，抱著膝蓋，那舒服勁兒像坐在自己家的熱炕頭。

這是東北女人典型的坐姿，她們無論在飯店，還是公園，包括劇場，只要坐下來，多數時候都願意抱著一條腿。章慧查過抱腿的淵源，那是遊牧民族留下來的習慣。那時章慧還是一名晚報實習生，有一次在飯廳，樺木椅子上，她累了也屈起腿吃飯，偶回頭，發現身後一溜兒，都是跟她一個坐姿的女人——屈起的膝蓋撐搭著胳膊，倦意時也當臉墩兒，欠雅觀，可是極其舒適！

如今，章慧已經把抱腿的習慣和她的口音一樣，完全改掉了。胞姐章智，更是改得徹底，常坐主席臺的她，舉手、投足，非常有講究。四個姐妹中，只有章華和章麗，還一直保持著老家的習慣。此時的章麗兩腿均屈，用雙手環抱，下巴抵在上面，東張西望。看三姐章慧進來，她往一邊挪了挪，說：「三姐坐這兒。」

大姐章華說：「老三，看妳每天忙忙叨叨的，這麼晚才來！那錢，掙多少是多呀?!差不多就行了，這個歲數了，還要什麼強！」

章慧沒有接話。大姐當過知青的人生，和下崗做小買賣的餘生，中間就沒有過渡，一輩子了，衡量一切，都是錢。有點低級。

二姐章智被章慧的挎包吸引，她從桌子那邊走過來。今天是家宴，大哥的孩子章武訂婚，豪華的大包間，三張桌子，四面都是沙發。章智從主賓席下來，她衝著胞妹章慧尊貴而矜持地點點頭；她們來到世間只差了七秒，最初父母分辨她們，都要停下來，仔細端詳。現在，不用了。她們的差別不只是一個胖、一個瘦，那曾經完全同款的五官，經歷了世事，如今，已大不相同。

章智已是副廳級女幹部了，家庭的聚會，她輕易不到，忙。今天來，是給大哥面子。章智不願意跟家裡人湊，不僅僅是官架兒，還有她不願意看見章麗。

章慧掛了包，章智歪頭看，她疑惑連個正科級都不是的妹妹，怎麼會有這款背包？那是一款貨真價實的歐洲貨，結實、輕便且耐用。章慧明白二姐的心，她說：「同事兒子從國外回來，他媽媽嫌這個包兒大，我撿的漏兒。」

「還不到三千。」又說。

章智摸著精美的標籤，說：「咱這兒得一萬，還不一定保真。」

「啊？一萬！」大姐瞪起了她銳利的小眼睛，說，「一個兜子就要一萬塊！」——大姐還習慣把包叫兜子，東北叫法。她說：「妳們背個兜子都要三千、一萬的，還天天不樂呵。老三，妳看妳臉都啥色兒了？」

章慧不用照鏡子，也知道自己臉啥色兒，肯定沒人色。來前，為了見老馮，她已經塗抹一番，可粉底再厚，也遮不住人生的蕭索。失眠、難過，她陷入了生命的困境。那個坎兒，原本以為只是個坎兒，過去就行了。可是不但沒過去，還變成了一堵牆、一座井，她困裡邊兒了。今天，她電話裡對家人說在值班，其實，她是去見馮塵了。她把希望寄託在了馮塵身上，僵死的棋局指望馮塵有妙招兒，可是分明，馮塵三個小時裡一直在出老千！

章慧用手摸了摸臉，一個下意識撫弄皺紋的動作。大姐說：「不缺吃、不缺穿的，上個班又風不吹、雨不淋，還天天這個臉色兒，妳真是好日子不過燒的，太生在福中不知福啦！」

「二智妳也是。」大姐又用下巴一指章智。

章智的眉宇間，也是一片荒寒。她副廳了很多年，想把副去掉，成了心裡的一塊石頭，搬不動，弄不開，也慢慢變成山了。章慧看了胞姐一眼，「香霧雲鬟濕，清輝玉臂寒」——章智衣裙華美，妝容精緻，可那份富貴生活的背後，精神上的憂鬱，章慧懂。四姐妹中，兩頭的讀書最少，幸福指數卻高，衣食無憂的章智和章慧，在她們眼裡常常是有福不會享。

四姐妹近距離地同坐一張沙發，章慧知道二姐為什麼坐下來，小時候就是這樣，章慧手裡若有個什麼好東西，那一定會到章智的手裡，七秒的老大也是老大。章慧說：「二姐，這個包我已經用舊了，就不給妳了，等再有新的，送妳。」

提前封住了二姐的嘴。

章智淺淺一笑，說：「我以為妳這是個仿真，還納悶兒怎麼仿得那麼像。」

「真真假假，咱們生活的特色。」章慧說。

「這話以後可要注意點說！」章智提醒制止著妹妹。大姐不明白她們在說什麼，話裡的話是什麼意思，還接著剛才的話頭：「一個兜子，要好幾千，金子做的呀！要我說，整個大點的布兜子，照樣拎！」

章智笑了，笑大姐的無知。但大姐還以為是自己說得好，繼續說：「我們跳廣場舞的李霞，天天穿假芭寶莉裙子，賊甏。還有王芳，真絲都是貼牌的，好看就行唄。」說著，她到自己的前襟兒揪了揪——內衣胸罩不合適。大姐所有的穿搭都是根據自己的審美改製的，胸罩罩杯，也是她改縫，貼合度不好，時不時地要往上躥——她就得隔一會兒揪一下，隔一會兒揪一下。好在姐妹不在意。

章麗說：「可不是，真的假的沒人管。我們打麻將的王小紅，天天腕子上晃著一塊金錶，亮得刺眼。有一次她輸了，當場當錶，當了好幾千。後來才知道那是假貨，可真的假的能走就行唄，大夥兒又不是鐘錶匠兒！」

章智用眼梢瞟了她一眼，天天打麻將，還好意思說。章智最看不上這個妹妹。正要說什麼，手機響，接起來「喂」了一聲，她的臉色和章慧一樣不好了。但她打起精神，熱情地叫著什麼主任，頻頻點頭，說：「好，好，知道了，知道了。」待掛斷，緊接著又撥了另一個號，叫對方什麼局長，有板有眼，所有的話都說得很鄭重。

這時，桌上有人招呼入席，大家都到齊了，按輩分，坐好。侄子章武，剛剛三十出頭，已是副處級幹部。隨了他爸，是個當官兒的料。拉著女友，挨桌給大家敬酒，那話說得頗見水準。親戚中東北人居多，說話都是大嗓門兒，只一會兒，飯桌上，空氣裡，已是老北風的辣烈聲浪。老年人聊養生，中年說房貸，年輕的，則是公司上市、高管跳樓……活著艱難，大家要珍惜眼前的日子。

章慧這桌，章麗問她：「三姐，妳們天天上班，看著也沒啥事兒呀，妳咋那麼累呢，天天像睡不醒似的？」

章慧微微皺了下眉頭，說：「主要是，主要是——」沒等她說完，大姐接話，說：「主要是心累，她們這種人，有單位的，累心。」

「別人咋混妳咋混唄，三姐。單位又不是妳家的，混，不就行了。」章麗說。

章智瞥了她一眼，沒文化的老四，認識倒深刻。

「勾心鬥角，天天不是我踩妳，就是妳絆我，槽小驢多，沒招兒。」大姐說，「妳看我們，下崗的，退了休，多好，忞兒。」

「是，心累才得病呢。」章麗說，「王小紅天天跟她婆婆鬥，打麻將幾天幾宿都沒事，可跟她婆婆鬥了半年，就病了，總咳嗽。現在四圈都頂不下來。前兩天住院，沒住幾天就出來了，說醫院是錢窟窿。」

「活著，身體好，才是贏家！」大姐說。

「可我怎麼覺得輕如鴻毛呢？」章慧心裡說。

二、正文

這一段時間，章慧開了兩個會，見了兩個人。

說男怕選錯行，女怕嫁錯郎，這話輕佻！誰選錯行不是行？女人選錯了職業，比嫁錯男人更可怕一萬倍！嫁錯娶錯，還能再改，而一個人，一個普通人，到了一個單位，想再換個地方，比登天都難啊。

泥鰍在泥潭，雄鷹翱藍天，是野鶴，就給牠一片兒大自然——想得美！章慧不敢把自己比野鶴，充其量，一棵河邊長大的蒿子吧。母親一生的使命，似乎就是為了生完她們，把她們送到這個世上。開始時，一連氣兒生了三個哥哥，接著，又是四個女孩。老四章麗不到一週歲時，母親走的。當時老大章華能幹活了，留下持家。章麗還不會吃飯，也留幼小。中間的章智和章慧，分別被送到叔叔和姨家寄養。叔叔當過廠長，長到十幾歲的章智，舉手投足就有幾分政務的味道。章慧呢，在唱二人轉的三姨家長大，三姨有一副嘹亮的嗓門，沒學過芭蕾，卻腳尖一立能在泥土地上跳《白毛女》，一隻腿掄在半空，刷刷的。那時章慧就很醉心。三姨還會畫牡丹，舊時藝人兩手背到身後，雙手毛筆篆字，都耍得來。雖然長大後讀了書的章慧知道，那字、那牡丹實在不怎麼樣，打把式賣藝的檔次，跟藝術不沾邊，可三姨熱愛藝術的靈魂，棲在她身上了。章慧長成了一棵文藝苗兒。

十二歲時，她倆回到了自己的家。這時的大哥、二哥已到關內當兵。三哥從一個民辦教師，走上了團幹部崗位。姐兒四個像分過窩兒的小雞雛，又合一窩兒，掐咬一陣兒。章慧和大姐、四妹很快融合，而章智，讓她們狐疑：她怎麼那麼自私？一點都不像老章家的人！家務永遠不做，而有了什麼好東西，她總是第一個上去。章麗吃奶少，個頭小，都十歲了，還弱得像小雞仔，章智對她毫不相讓，爭搶喜愛的什麼，能一掌推她個跟頭！後來的奪夫迷案，也許是命運的一還一報吧。

時代的洪流讓章華去了廣闊天地，當知青，再回城，又下崗；瘦小的章麗呢，初中讀完就休學在家了，然後，大半的日子以麻將為生。章智和章慧都考上了大學，一個進機關，一個事業單位。在人生一階階攀爬的日子裡，章智常常嫌大姐和小麗沒出息，而她倆，則怪章智和章慧太上進，太要強，太累得慌。

大樹分杈，七兄妹在各自的人生軌道上奔馳。大哥成了一家軍工企業的廠長，留在平原一個省。二哥呢，技術幹部，生活也不錯。老三團幹，嫌提拔得慢，下海轉戰成商人，目標是李嘉誠。但實現起來太遠，炒股賠個底兒掉。再然後，成了給人治病的江湖氣功師。

父親說：「這個老三，不務正業，像他太爺爺！」

章家的譜書上記錄了一代代，有三妻四妾的也有光棍一生的，有騎馬坐轎的也出遊手好閒的。父親活著時提過祖墳的風水，說章家的塋地當年是請人選的，烏紗形狀呢。後來大哥當上了正處級幹部，父親說那就相當於縣太爺了，祖宗顯靈啊。如果那塊地不是後來被人破壞了，說不定，家中還能出更大的呢。

章智四十出頭就坐到了副廳，如果父親地下有知，他會不會高興得坐起來呢？副廳啊，相當於太守了。章智大學畢業來到中原，是聽從了大哥的安排。而這時的章慧呢，她犯了文藝青年常犯的所有錯誤，早婚早戀，離婚獨身……。大哥告誡章智，別學老三，老三的文藝，有她的苦頭吃。女人一輩子，找個好丈夫過日子是正事，也是女人幸福的根本。

章智相貌好，找個好男人不愁。結婚時丈夫是大國企的勞資科長，有權。全廠一千多號人，想調資、換崗，都得找他，整日忙得沒空兒在家吃飯。章智當年就生了兒子，丈夫不在家，她需要幫手，就把章麗從老家叫來。

章麗住到家後，丈夫在家逗留的時間也多了起來。有一次章智半路回家，取什麼東西，發現丈夫也在。上班時間，他回來幹什麼呢？襁褓中的兒子正在睡覺，章麗撫弄自己的衣服，丈夫看著突然回家的妻子，不停撫弄頭髮——他的髮型亂了。

章智真想像小時候那樣，一掌推章麗個跟頭。但她想了想，出手的對象是丈夫。東北女人飆野的血性把那隻手變成了馬達，有力度，有速度——唰，丈夫剛理好的髮型，又亂了，像屋裡刮起了北風。

不久，章智也離婚了。大哥對她倆都很失望。好在章智接下來化悲痛為力量，走上了仕途，並一步步，進階。章慧呢，她受古代話本影響，對二姐家庭問題的認識，竟然提到了大喬、小喬、周公瑾……這樣糊塗的聯想讓章智很憤怒，她說：「妳知道嗎，那畜牲說，是老四主動的，老四願意！妳說，他們哪有一個是好東西！」

真相成了斯芬克斯，一切都是章智自行推理、還原。章麗從二姐家搬了出來，沒有再回老家，和一個當地青年結了婚。後來雖沒分手，可那婚姻狀態，也和獨居差不多。章麗用打麻將，來熬日月，對付人生的不如意。

章智是聰明的，她掌握祕笈一樣，掌握了當官兒的技術。待熬至副廳時，因將就了提拔，到了工商聯——這個如今很多人都不知為何物的單位。她想換個地方，或再升一格，這是她的夢想。

章慧現在，越來越像養她長大的三姨媽了。三姨媽終身都是老姑娘，唱二人轉、寫字、畫畫，是三姨媽活著時的伴侶。三姨人去了，她的愛好，留在了章慧的身上。章慧大學學的是廣告設計，剛畢業那會兒，在晚報畫插圖。來到中原，進了事業單位，她依然喜歡畫畫，列賓是她暗暗的老師。在她的家中，掛著一幅列賓畫的《托爾斯泰》仿品，老托那清癯睿智的目光，常常和她對視——她把他們當成了精神偶像，活著的師友。坐在那幅畫前，她有時能靜靜地待上一個小時，像在跟列賓老師聊藝術。不再浪費時光，到群藝館去，潛心畫畫，成為老列、老托他們那樣的人——有一天她萌動了這樣的念頭。

走廊上，嗒——嗒——嗒——嗒！這個走路像夯地的女人，目前是這個大樓裡，權力最大的人。她的旁邊，附著同事楊小萌。楊小萌細胳膊、細腿，跳過芭蕾的黃金分割小腦袋，歪著，像一隻亦步亦趨的小狐狸。章慧鬼魅一樣跟在她們後面，不出聲，不驚動前面的人，省得打招呼，麻煩。

走廊很長，楊小萌很乖，她歪著小頭仄著身子，同行的方向卻把臉擰成了九十度——仰人鼻息說的就是這個樣子吧？她也真夠不容易的了，四十出頭了吧，彈過鋼琴還跳過芭蕾，可現在，生生把自己矮成了丫頭。楊小萌原是吳書記的人，現在，鄭主任當權，她轉舵，見了吳書記像陌生人一樣。小姑娘夠狠，能忍夠狠，是塊料！

幾年下來，章慧覺得自己也扭曲了，還扭曲得不輕。她能在掏鑰匙無聲、捅進鎖眼無聲、開門無聲的情況下，嗖地一下就閃進自己辦公室！懶得說話，不願意見人，這就是她目前的狀態。無聲無息，這不是鬼嗎？剛才下車時如果看見她們，她會在車裡待一會兒，等她們走完，再出來。現在，撞見在走廊，她避鬼一樣悄悄進了自己的辦公室。

鄭主任的屋裡傳來歡聲笑語，有幫打水的，有開窗子的，還有請示匯報的。初來民俗中心時，那時的領導還是專家，單位有活兒了，他走到下屬面前，指指這個，「你，你，還有你，去幹啥幹啥」——工作就分配完了。然後，單位就是寧靜、安詳，人人都埋頭自己的專業。現在，一切都變了，大興土木，屋裡屋外永遠在裝修。不僅鄭小琴，之前的吳書記，更喜歡貼牆。同時，他們對業務人員的管理，越來越犯人化了，訓斥、吆喝——吳書記說過，不這樣，這些人就僕大欺主，就蹬鼻子上臉！

也對。現在，都乖了。楊小萌是典型，標兵。

章慧打開電腦，她的工作是一年四季，趴在電腦上統計論文。她的部門叫規劃辦，一個民俗中心，成立了規劃辦，每當面對「規劃辦」三個字，章慧都覺得像是走錯了地方：這裡是城建局嗎？

每年都裝修過的辦公室，門和窗子都關不嚴，也不好打開。章慧使大勁，才把紗窗拽開了一道縫兒，能透個氣，就行。中原這個城市，一年四季都灰撲撲的，如果隔幾日不上班，灰塵會讓辦公室桌上一片沙粒。章慧的壺裡沒有水，她也懶得打，少和人碰面，就像剛才不和鄭主任打招呼一樣，成她的毛病了。

電腦的頁面上，是些驢唇不對馬嘴的論文，很多大學的老師，要拿這個來評職稱，立項。自從成立了規劃辦，全省的論文就都歸這兒來管了。章慧的工作，是把它們一篇篇地挑出來，修改，整理。她常常對著這些荒唐的東西發呆：教書育人的大學老師們，也是這樣不學無術嗎？跟她們這些事業單位一樣，上班，只是為了混工資？

每天，她的胸中都塞滿垃圾。

臉色，也像灰塵浮著一樣難看。

今天，她還特意把自己打扮了一下，她要去見馮塵。昨天，馮塵給她提供的信息是，權傾省內藝術圈的周雲，周副主席，曾是汪一水的下屬。汪一水是她前不久認識的一個人，正在談對象。

「開會啦！九點半開會！」辦公室小王站在走廊裡通知。

章慧的腦袋「嗡兒」的一下，吳書記喜裝修，鄭主任愛開會。這個持有了權力的女人，三天兩頭開會，把開會當成了她的道場。真是煩死了！大好的時光，連消消停停地想在辦公室待一會兒，安靜半天兒，都成了奢侈。開會，管制，犯人一樣。這也成特色了嗎？章慧看一眼手機上的時間，定好的跟汪一水見面，會不會因為這個大尾巴會，而耽誤呢？

人都到齊了，鄭主任才「嗒——嗒——嗒——嗒」走來。一鳥入林，百鳥壓音，楊小萌掂著水杯。從前，拿杯這活兒是辦公室主任幹的，現在，吳書記失勢，他也賦閒了，閒散人員一樣坐在角落。舉杯的榮光，由楊小萌獨享。

「開會！」鄭小琴清了清嗓子，女流之輩，多大官兒也是虛張聲勢。她像沒當過官兒似的，把主持、主講、唸文件等，所有環節，都一人包圓兒了。兩個小時過去，獨角戲一般，口乾舌燥，一大杯水都喝光了。

吳書記悠閒地在旁邊坐著。民俗中心，原來是吳書記領導下的鄭主任負責制，可是久在河邊走的吳書記，鞋子有點濕，鄭主任鬥爭了他一下，他就閒起來了。現在的所有事項，都由鄭小琴拍板，鄭小琴說了算。地低成海，人低成王，吳書記沉默，他耐得住寂寞，很有定力地坐著。

楊小萌歪著身子「嗒嗒嗒」地把杯子取走，續好，再舉回來。鄭主任享受地「嘶哈」著，為這份特權，露出淺薄的得意。鄭小琴的官兒，也就當這麼大了，連偽善都不會。上次在群藝館，章慧親眼看到周雲給左右倒水，就憑這一手，人家還得升！

吳書記的水杯也空了，可沒人給他倒，他就徐徐然站起，面無表情，去提了壺，給自己倒滿後，又給兩個副職續——兩個副主任被燙了一樣，趕緊用手遮。她們倆也是牆頭草：吳書記強勢時，歪向吳；鄭主任抓了權力，倒向鄭。現在，吳書記玩這手，當眾禮賢下士，她倆怕受牽連。

鄭主任嚴肅地看著大家，待平息了，才開始第二輪重炮：「國有資產的流失，不是我鄭小琴想怎麼著，是上面在查。紅旗大街那個倒閉了的賓館，是拖拉機廠辦的招待所，我們單位，幾十萬資金趴在帳上，現在，要都要不回來啦！」

吳書記的臉皮兒微微發紅了。原來，他不只喜歡裝修，還喜歡把錢打到那樣的招待所，提前支付場地費。鄭小琴說：「那麼遠，又灰麻燎爛兒的，一個半地下室，我們幹嘛非租那樣的地方?!這個問題，觸犯了八項規定，上級讓我們整改。」

捨近求遠，還那麼破的地方，吳書記的臉終於完全紅了。中飽私囊，畢竟是醜事，被這個女人給連根兒刨。別看這老娘們兒沒文化，還真不好惹！

達到了效果，鄭小琴接著說第二件、第三件，說到第六件時，章慧聽到：「以後，規劃辦的立項課題，都得由我點頭。我簽批了，才能立項。」

「是您先看初審嗎？」章慧問。

「初審？什麼初審？」顯然鄭小琴並不懂這個，她只以為定稿是權力。待明白過來後，很生氣，說：「不看我也能定！」

「連文章都不看，您怎麼能定它是否該立項呢？那可是實實在在累人的腦力活兒啊，它是要本事的。」章慧在心裡說，可表情出賣了她。

鄭主任一抬下巴，用鼻孔看她：「小章，這槽子糕呢，缺了誰都能做。願意幹就幹，不願意幹，有得是人等著呢。」

「別以為有點小才，就尾巴翹上天！」

章慧木木地坐在那裡，每當她對工作提出不同意見，領導給她的話，都是「願幹幹，不願幹滾」。滾向哪裡呢？誰敢砸飯碗？只聽鄭主任又說：「各部室抓緊啊，這都下半年了，沒花完的項款，抓緊支！到期支不完，挨板子！」

這三個字，又把章慧驚著了，也讓她更瞧不起鄭小琴了。都什麼時代了，現代社會，女性管理者，還張口閉口打板子。這得多老土，多邪惡，多殘暴。試想一下，一百年前，那些頭上戴著紅頂子的男人，老男人，犯了錯，要當眾扒下褲子，打屁股。棍子板子把皮肉抽出血，抽開花——那些梳辮子的老男人啊，制定維繫的下三濫手段，整治了對手也羞辱了自家——如同纏足、閹割，他們哪一個，沒有父母兄妹？娛樂自身的同時也是以自身受傷害為代價的。這些早已該掃進歷史垃圾堆的東西，現在，竟然在鄭小琴的嘴裡變成了威攝，太可笑也太可悲了。

「你們不要害怕，也不要悲傷，因為沒有遮掩的事，將來不被揭露；也沒有隱藏的事，將來不被知道。壞人的一切惡行，已經被記錄下來。神貧的人是有福的，因為天國是他們的。哀慟的人是有福的，因為他們將會得到安慰……」

想到《聖經》裡這段話讓章慧走神兒了，看一眼錶，盼望快點兒散會。去見汪一水的急迫，此時像腹內憋尿的膀胱，急得直打抖。

三、還是正文

馮麈說：「她官兒再大，也是女人。」

「一塊打牌是牌友，一起出行是驢友，她躺床上，就是女人。坐主席臺，她才是領導呢！」

章慧聽得哈哈大笑，馮麈在說周雲。周雲曾是團幹部，那時章慧也剛到民俗中心。那時的團組織組織活動勤，青年聯誼、登山郊遊，聯繫全省各界的力量，把工作搞得火熱。印象中，周雲聰明、漂亮，還有一條金嗓子。帶領大家唱歌跳舞、十五猜謎……。十幾年間，人家已經從一個蹦跳的小姑娘，成為管全省文藝的副主席了，有實權，群藝館的蔣國慶，就是她提拔的。章慧見過蔣國慶親手給周雲墊車門。馮麈告訴她：「想去群藝館，得蔣國慶同意。想說動蔣國慶，要找周雲。他們給妳辦，妳才能去成。」

真不愧是馮政委，三言兩語，就理出了問題的關鍵，也指明了因果關係。

馮麈外號馮長青、馮政委，是指他長年浪跡脂粉班，娘子軍的領袖。少年時舞臺上翻跟頭，有點童子功，還會拉二胡。後轉戰藝校行政，再後來，躥到省政府的駐京辦了。馮麈喜熱鬧，自謂雜家，民間戲堂有他，賞畫書展他也少不了，就是一些作家出書、分享會什麼的，他都湊熱鬧。和章慧熟絡，是一次畫展上，當時馮麈熱情地走上來，對著章慧大聲說：「妳就是三哥啊，三哥原來是妳啊！」

章慧的畫款號三哥，那是她的小名。在東北老家，雙胞胎一生俱生，一折俱折，她和章智生時各占一巴掌，母親怕她們被不明物叼了去，給她和章智分別起了三哥、二弟，混著叫，對魑魅混淆視聽的意思。章智長到十二歲，就不讓大家這樣叫了，她覺得二弟的名字不男不女。而章慧呢，她不在乎，在晚報畫插圖時，就用三哥落的款。後來國畫，也一直這樣用。很多人誤以為她是男子。

馮塵追星一樣買畫冊求簽名，讓章慧享受到了明星的快樂。馮塵也懂畫，很多門類他都能說個一二，這讓他們一下子聊得像多年的朋友。梵高、畢卡索、列賓——馮塵竟然提到了列賓，還談到藝術的良心。「藝術的良心」幾個字，讓馮塵一下高大起來。那天章慧甚至女學生崇敬老師一樣看著他。只是後來，她又發現馮塵的說一套，做一套、兩套、三套、四套，她才想：馮塵這樣的人，之所以那麼熱鬧，其實，他僅相當於滿漢全席裡的那味花椒大料，吃沒法吃，可又少不了。

馮塵閃動著鏡片後面的小眼睛，說：「妳不必太把她當回事兒，真的。大字識不了兩筐，也就長了個鬥法的心眼兒。論才華，妳比她強多了。」

「八百年沒聯繫，也沒有任何交情。找上門，去跟人家說：妳幫我找那個蔣國慶，人家得以為我有毛病吧？」

「當然不能直巴愣噔的，要攀姐妹，請她吃飯。能坐下來，一起吃頓飯，然後，投其所好，事情就成了。」

看章慧呆愣，馮塵喝了口茶，說：「妳真是個書呆子。當面攀姐妹，少扯什麼主席。一點一點，萬里長征，也是一腳一腳走出來的。羅馬的大道，一天修不完。就是那誰誰——」他提的是一個離開了這個省的省長名字，說他，「官兒大吧？那也是從泥瓦匠幹起，一磚一瓦，到今天。」

「我要怎麼一腳一腳地走呢？看不見路，盲人一樣一點一點地試？」章慧挺直了身體，失望地看著馮塵。她今天找他，是希望他幫忙的。因為這個花椒大料，跟哪一味菜都熟，馮政委是專門玩人心思的，能拘籠各路人馬，且都讓妳五迷三道。看來他是不願意幫這個忙。

馮塵明白她的意思，遲疑著說：「確實，我跟她挺熟，我駐北京辦事處的時候，她去過。可是，這件事由我來說，效果會更不好。」

章慧不出聲，她不理解效果怎麼會更不好。

「這個女人官兒做大了，我現在說話，她不一定聽。」

「你不是說官兒再大，也是女人嗎？」章慧回敬。

「那是鼓勵妳，讓妳去。在我眼裡，她從來就不是女人！」

馮塵突然憤怒。這讓章慧更加狐疑。

馮塵馬上又恢復了正常，說：「小章，不是我說妳，讓妳去攀個關係，妳都怵，都懶得。妳說說，妳還能幹成啥?!」

「就是因為啥也不行，才想躲到群藝館去，埋頭專業啊。你不知道我們天天上班，開會，巧立名目絞盡腦汁，煩死、累死了。」

「什麼不累？妳說說哪一行不累？周雲連個材料都不會寫的人，能爬到那麼高，妳說她累不累？肯定比妳累一萬倍！」

「是，當初只以為她會唱歌跳舞，誰想到，現在這麼能耐，天天坐主席臺，給別人講話呢。」

「這就叫勝出必有其長！這方面不行，那方面肯定要使勁兒。人生就是這樣，背著、抱著一邊沉！」

章慧的眼皮兒有點打架了，自從動了去群藝館的念頭，她有半年沒睡好覺了。請馮麈客，一起喝下午茶，那壺濃茶是給馮麈點的，配套的小吃，她也沒動。吃不下。看看時間，快兩個小時過去了，章慧用餐巾紙擦了擦嘴。大姐她們參加章武的訂婚宴，還在等她。她撒謊說今天值班，其實，是和馮麈賭運。馮麈的愛莫能助，讓她更想早點結束這無聊下午茶。這時，馮麈又說到一個消息，剛剛退休的汪一水，曾是周雲上級，他們在團省委幹過。周雲最聽他的。

汪一水？章慧心裡一動，上個月苗大姐介紹了這個人，打過幾次電話，加了微信。人嘛，還沒見過面。章慧再次擦擦嘴，她想真該結束了。馮麈有眼色，他說他去方便一下。再回來，衛生間也去過了，單也結了。

向外走時，才發現幽暗的走廊裡竟掛著列賓的畫，小商品畫。馮麈邊走邊評論說：「列賓他們偉大，是因為胸膛裡，還跳動著一顆藝術的良心。他們的血肉，有靈魂撐著呢。妳再看看我們，那些吃得油嘴嘛花的所謂畫家們，除了堆砌高山大河，就是大頭大臉，大人物。文學的高大全，畫畫的也走這捷徑。一個一個，比鬼都精，搞個屁藝術！」

章慧驚異地看著他——這個老馮，人鬼同體嗎？

「成批成批的爛東西，除了蒙錢，放十年，賣廢品都沒人要！這些人，怎麼跟老列他們比？這些小商品畫就是拓十萬、百萬幅，也照樣是藝術，照樣不朽！」

章慧想笑，眼前這背影突然高大了，「慷慨歌燕市，從容作楚囚」，這還是花椒大料調味品嗎？分明是藝術中堅、藝術脊樑啊！看她這樣看他，馮塵也嘻嘻一笑，說：「我知道妳想說啥。其實，誰都不容易，混口飯。而已，而已。有一句話是怎麼說的了？豁牙子吃肥肉，肥（誰）也別說肥！」

看章慧更加困惑的表情，馮塵不忍，終於說：「小章，妳真是不食人間煙火，畫畫都畫傻了。跟妳說實話吧，我跟周雲搞過對象，所以，妳的事，我沒法去說。明白嗎？」

「不明白！」章慧突然口氣生硬。鬧了半天，說了歸去，是這種關係。她還求教高人請瞎子算卦一樣在這陪演了半天。大半個下午，可能就這一句是實話——老家的俗諺一個屁八個晃兒，說的就是馮塵這種人！

章慧沒用馮塵的車送她，打個出租匆匆趕赴家宴了。大姐說她的臉色不好，半年沒睡好，又生了一肚子氣，能好嘛。

此時見汪一水，章慧也沒抱什麼希望。人生陷於困境，有棗沒棗，都掄一杆。不然又怎麼辦呢？汪一水身材瘦弱，落在闊大的沙發裡，斜倚著。人瘦弱，官架兒卻十足。口才也不錯，給幾千人做過報告，也經常給上百人開會，現在剛退休，眼前只有一個章慧，女聽眾，他談興大發。

章慧坐姿標準，表情也生動，眼珠恰到好處地跟著他的話題流動。金豪咖啡廳，是這個城市最闊綽、最豪橫的談事兒場所了。從前，是政府招待處，改革開放，成了生意興隆的夜總會。再後來，夜總會不讓開了，改高雅高消費的咖啡廳。名流巨賈、政商要員，多在這兒談事兒。章慧不敢小氣，人家汪一水什麼人啊，吃過、見過，這一場咖啡下來，超過正餐的價。

汪一水喪妻，正局級離休幹部，一般的女人人家是不找的。苗大姐從前和他是同事，她向他介紹，章慧不是一般人。怎麼個不一般呢？藝術家，搞藝術的。章慧和苗大姐是忘年交。半年前，她對苗大姐說，現在的單位每天趕大集一樣，亂哄哄的，已經不能安靜地幹點什麼了。她想到群藝館去，那裡安靜，只要妳不爭不搶什麼，老實畫妳的畫兒，沒人管。苗大姐喜歡章慧，也支持她。可她的難題，苗大姐要曲線，她說汪一水人不錯，雖然做過官，私底下，他懂藝術，自己有空了還畫兩筆呢。現在人剛退，多認識一個人，做個朋友，沒什麼壞處。

照片上，汪一水陰鬱消瘦，人也退了，還有什麼可狂的呢？章慧想。汪一水給苗大姐的話是：這個年紀了，不用提什麼搞對象，當一般朋友，先處著。認識認識，一般朋友，不用定性為男女。合得來，就繼續，不行，也省事兒。章慧覺得自己受了侮辱，沒有跟他見面。天下一般的朋友多了去了，有什麼必要特意去見一般的朋友呢？通了幾次電話，也加了微信，汪一水有閒，就寫幾句順口溜，那是他以為的詩。章慧一般的時候點個讚的拇指。汪一水表示心裡懷念著前妻，章慧就鼓勵他繼續。聊了一個多月，誰也沒邀請誰。和馮璽見過之後，章慧向汪一水發出邀約，可能是閒太久了，汪一水沒擺什麼譜兒，麻溜就來了。

沙發椅極其舒適，人歪在上面，像個小側榻。汪一水講他幾十年的初心，為黨國的貢獻，幾十年並沒得到應有的位置等。饒是這樣，他依然不忘初心，為這個城市創造了多少輝煌：哪條哪條大橋，他修的。哪條哪條路，他開的……。章慧突然恍悟：老百姓們天天罵的，把馬路當成拉鍊兒，開了合，合了開，就是眼前這孫子！確實有功績。

他又講到工作履歷，四十多年，從一個鄉下青年，到正局級，涉險灘，跨大河，走過多少部門。章慧想怎麼把共青團那段省略了呢，她今天來，就是想聽那段啊，關於周雲，她好插話啊。

可是，回憶了很多，他沒有提共青團。他突然發現章慧聽得過於認真了，眼珠死盯著他，好像他的臉上有什麼可看的。

「妳找我，不是真的就想聊聊天吧？」汪一水突然停下了來，問道。

章慧也像突然清醒似的，兩手捂緊了胸口。怕對方看到心中祕密一般。

「是，是想聊聊天。」章慧說。

「想聊什麼呢？」汪一水老道地轉了頻道，看著小章。

「哦，我想聊聊周雲，周副主席。聽說，您提拔過她？」

「哦，那可早了。她給我當過幹事。」汪一水開心地大笑了。

「那，你現在說話，她還能聽嗎？」章慧直巴隆通，問。

汪一水把身子側向了另一面，奇怪地看著她，意思是：妳今天找我，就是這事兒？

章慧有點囁嚅了。汪一水不是馮塵。

「好些年不來往了。」汪一水說，「這女人要強，當幹事時，連一頁的材料都寫不成，讓她搞個方案，能憋半年。可人家就是能吃苦，能熬，什麼事兒，妳說上一百遍，她就聽一百遍，改一百遍。聽話，順從，也是能耐。」

「能耐」二字讓章慧想到了單位的楊小萌。對，乖、順從，也是人生搏殺武器。

「當初什麼都不會，愣是一步步成了管文藝的領導，連我都佩服！」汪一水說。

「哎，妳問她幹嘛？」汪一水看著章慧。

章慧猶豫著，慢慢說道：「我想找她，因為她能說動群藝館的小蔣。我想到群藝館去。」

汪一水慢慢坐正了身體，盯著章慧：「小章，妳們女人辦事，那想法像是從腳後跟兒開始的。這個彎子，妳繞得太大了。」

「可惜，我退下來了。」汪一水嘆口氣，又斜了下去。「說呢，倒是能說。可人家聽不聽我的，那是另話兒。」汪一水看章慧的眼光像看一個欺騙了老師的學生。

咖啡買單時，汪一水悠閒的兩手插著兜，像看自己的屬下在結帳。章慧邊付費邊想，在汪一水他們眼裡，應該是已經沒有雌雄了，只有上下級。即使男女的約會，也沒有性別之分，是誰求誰，誰買單。不怪二姐章智說，妳千萬不要對任何人掏心掏肺，東北人傻實在的毛病，堅決要改。他們這裡人的皮囊是橡膠做的，心腸更是，用針都扎不透。

咦，正這樣想著，她回身看見了二姐，章智也是過來買單。她們姐倆相互看看，不認識一樣，誰都沒打招呼。章智告訴過她，在外面，不要提家庭關係，家庭關係讓外人知道了並沒好處，記住！

結完帳轉身向外走時，汪一水在旁邊說：「剛才那個女士，很像妳。」

「可能同鄉吧。」章慧說。

回到家的章慧，坐在鞋墩上久久沒動，呆呆的，這樣坐著，可以定一定神兒。緩了一會兒，她去衛生間，洗漱，換衣裳，來到書房。寬大的書房，列賓那幅《托爾斯泰》，戳在地中央，像坐著的一個人。章慧也在椅子上坐下來，不是對望，而是並排。她老人一樣把腿伸得長長的，仰坐著，悵然地想，從什麼時候起，自己這樣厭惡現在的生活？恐懼工作？曾經的晚報，老總有文化還有趣味，同事們也都是金剛之身，採編寫，個個神勇。那時的工作讓人熱血沸騰，每週的例會，就像在開聯歡會，所有人都暢所欲言，可以插話，可以搶話……。後來老總被退了，城頭變幻，人們開始不說半句「錯話」，連表情，都管理得緊，不該笑時絕不亂動嘴角。開個會，全場鴉雀無聲。她要適彼樂土，到有意思的地方去。章慧和早在中原安營紮寨的哥哥姐姐們團聚了，開始了她以為的遠方生活。

民俗中心，非遺藝術館，這都是藝術殿堂了。也確有過醉心藝術的日子。那時的老領導也像晚報的老總那樣，本身是專家，一身硬本事，多數人都埋頭所在領域，大家有知識，有學問，人人讀書……。大幹快上是從老館長退休開始的，熱火朝天，單位成了永遠建不完工地，開會成了日常。體制這架巨型磨刀石盤，轉動著，有的人磨成了圓滑石蛋，有的成了鋒利的刀子，血肉打造成鋼鐵，權力的威力比鋼鐵更煞，焦土千里寸草不生……。章慧終於發現，俄國列賓畫過的那些東西，老托爾斯泰批判過的那些現實，二百年前的那些事、那些人，還在，都活著呢。世界各地受苦的人，像〈國際歌〉唱的，依然戴著鎖鏈。一代一代過去，抄作業一樣，沒有什麼翻新，問題還是那些問題，結果還是那樣的結果，老托爾斯泰的《復活》，在開篇，監獄外那大段的描寫，把這一切，早已寫盡了。

寫的、畫的，比我們想的深遠，二百年前，已經說清楚了。

她站起來，摸了一下畫上的老托，像在拍他的肩膀，又像拉了拉胳膊。老托不語，慈悲的眼神像上帝，看眾生，看眼前這個喜歡藝術的女人。章慧嘆口氣，又老人一樣坐下來，伸長了雙腿。列賓、托爾，他們這些人之所以偉大，能創作出那麼偉大的作品，是因為他們的心靈，和步調，是一致的。列賓如果沒有一顆悲憫的心，真正對底層勞動者的同情，是畫不出《伏爾加河縴夫》這樣畫面的。相比他們，我們不過是蛆蟲一樣在苟活，在隨波逐流……

可批判自己又有什麼用呢，你直接去死嗎？靠山吃山，不學有術，單位這架枯骨，所有人都要牢牢地，附著。一些人頂著專家的名號，他們空洞到什麼程度呢？有一個地區大選，領導人都換了，可是他們竟然不知這個人的名字。男不讀書，女不看報，枯燥的日常像裝殮衣，沒有一絲生氣。這些人不化彩妝，不換髮型，不聽音樂，不看電影……。同樣的開會，群藝館的會就開得煙花般炫爛。那些專家們，舌頭像裝了彈簧，能佛祖一樣把天花說下來，墜得活色生香。那裡集中了這個省最有才、讀書最多的人。他們不但能把天上的花說下來，還能把萎落地的，再說得升上去。章慧覺得去聽他們的會就很有意思，有看不完的熱鬧，光看那一張張嘴巴，開合的兩片唇，黑洞一樣什麼都可能出來……

「你們要謹防那些經師，他們喜歡穿長袍走路，在街市上受人請安，坐在廟堂的上座，在宴席上，也是首席。他們吞沒寡婦的財產，而以長久的頌詞作掩護。這些人，你們要小心……」

昨天在群藝館開會，章慧就想到了這段經文。

群藝館現在的當家人是蔣國慶，一個人事幹部，上面下來的。章慧聽一個副館長說，有一次，上級領導來檢查，指導工作，問在場陪著的蔣國慶，說：「省級群藝館，在群眾藝術方面，你們這兒應該是全省的最高機關了吧？」

蔣回答是。

那領導又說：「如果是，那你，在群眾藝術管理方面、創作方面，是最好的嗎？」

問得蔣館長面紅耳赤。

據說那個領導之所以問出這樣的話，是因為他自己，不得志。一個有治國之才的人，卻被安排在藝術界晃蕩，才有此言。

群藝館的工作好幹，對小蔣這樣一個做過人事的幹部來說，把工作做熱鬧一點，實在是小菜一碟。昨天的會，是他弄來了一個專案，主題創作，紀念什麼多少週年的。上面給錢，館裡組織點兒哥們弟兄，都是愛畫畫的，出去走一圈，回來畫點大畫，這樣寄生的生活，誰不開心呢？

手機響，是微信。章慧拿起一看，是二姐章智。她說：「明天週末，妳到我家來吧。」姐妹要單獨說說話了。

四、你們從哪裡來？

章慧和章智現在都過著單身的生活。章慧算自選，她喜歡這樣，有藝術，就夠了。而章智呢，她還有對婚姻的渴望，只是囿於現實環境，這個問題更難。來到姐姐家，章慧看著一塵不染的居室，想起一部名著對單身女人居室的描寫：「屋子裡找不出一點灰塵，凶惡的老寡婦屋裡常常就是這麼乾淨。」——當然章智既不凶也不算老寡婦，她那周正的五官、眉眼，因為日久的孤單，還透著一點兒淒美。

章智家舒適的陳設、她永遠好看的衣裳，讓章慧再一次想到了「造化」兩個字。二姐是有造化的，四姐妹中，她像是天生就有富貴的命。從住房，到用車、穿戴，直至那山珍海味。那是大姐章華和四妹章麗，一輩子也沒有見過的。一奶同胞，卻壤天之別。

二姐招呼她坐下，讓她喝早已泡好的茶。二姐端茶像掐紅酒杯一樣，三隻勻稱的手指，幾乎一邊長，像一朵蓮花。奇人異相，二姐還是有幾分異稟吧，不然何以解釋她們姐妹霄壤的生活？兩隻沙發，一果綠色，一隻薑黃，旁邊還有一座香妃榻。穿水粉色家居衣的章智斜倚在上面，此時的她就是個曼妙的女人，沒有副廳級特色。「妳根本就不用把她們當成官兒，躺床上是女人，坐主席臺，才是領導呢。」——她突然想到了馮麈說過的這句話，不禁竊笑。

「妳的事怎麼樣？」章智顯然在關心昨晚。

「難。太難了。」章慧嘆口氣，「費了半天勁，還是雲裡霧裡。」

「二姐，我現在更理解妳了。我只是想換個地方，不提拔、不當官兒的，都這麼難。妳們，想上個臺階的，那肯定比上月球還難。」

「三兒，妳這是跟我說話。如果跟外人這樣說，人家會不會願意聽？妳們這些人，讀書都把書讀到腿肚子裡了，人情事兒都不懂，當然事兒更辦不成。」

「什麼人情不人情，咱們中國人最不講情了，最無情。為了一己之私，什麼無情的事都能做。像列夫·托爾斯泰……」——「別跟我提這個，這個太遠！」二姐打斷了她，說：「老三，人活著得睜開眼睛，認清自己是什麼蟲兒。經什麼山唱什麼歌兒，過什麼河脫什麼鞋。妳總是提那些人，有用嗎？就像咱們小時候的鄰居王霞家，她爸喝大酒，她媽抽葉子煙，她哥又賭又偷。她怎麼辦？死去嗎？不能，她得看菜吃飯，得根據實際，變不利為有利，活下來，並活得更好。」

「我不認為她活得好。天天假人兒似的，都成精了，累不累？」

「哪個不累？誰活著不累？妳不認那，好，那妳就得認這。就別說活著難受。」

章慧耷下眼皮兒，今天不是來跟姐姐辯論的，怎麼說起了這些？她歪起腦袋，說：「是，活著得認命。三姨說過，九升九的命，難求一斗。我天生就命薄，還想瞎折騰。」

「我也越來越認命了。上禮拜，我們那兒，一下子走了仨，都進了自己想進的地方，公檢法。妳說工商聯，跟公檢法有什麼關係？可是人家，愣是進去了，換了崗。有些事，對有的人難如登天，而對另一些人，則易如反掌。這就是我們的現實。」

「因為她們有人。」章智又說。

「對，是得有人。我們單位的鄭小琴，天天走道壓路機一樣，『哐哐哐』地挨屋串，看著傻了巴嘰的，可是不知有什麼人，愣是當了一把手、女當家的，天天可豪橫了。」

「能弄上一把手，持最高權力，沒有白給的。妳別僅看表面。」

二姐起身去續水。兩個人又說了幾句昨天的請客，章慧問她請的誰、有沒有希望，二姐的臉一下很黯然。她說：「大姐小麗她們總是說我吃得好、住得好，好像這些是天上砸下來的。她們不知道進一小步有多難。每走一小步，都要原地踏步走多久……」

「是，她們在社會上閒散太久了，不知單位內的厲害，沒體驗過。」

「我打算明年——」說到這章智停住了，實現目標的話，連親爹娘都不要提前說，這是官場大忌。她說：「其實，妳還有個畫畫的樂趣，我們，走上這一途，就像上了一條船，一直在海上，中途，妳是下不去的。繼續，繼續向前，只有這一條道兒。很多人只知道看表面，以為我們日子都這樣好了，還掙扎個什麼。豈不知，掙扎的，都是腳下不穩當，泡在水裡的，日子舒坦了，誰不知道待著好呢，誰還會瞎撲騰？」

這時有電話進來，二姐接起，無論她多麼不喜歡自己的工作，面對上級，永遠是那麼生機盎然。好像是老大吩咐了什麼，由辦公室主任傳達。撂下電話，章智牙裡擠出：「就是一條狗。」她顯然是在罵辦公室主任了。

電話又響，再接起來，是什麼基金的廣告。二姐禮貌地掛斷。「說到基金，全民嗜賭，」二姐不由把話題說到了家人上，「炒股，買基金，弄什麼信託，都想閉著眼睛發大財。小麗的賭性尤其大，不知她像了誰！財迷得不行。」

說到這兒，姐倆很有共同語言。就像章華和小麗總批判章智、章慧沒完沒了奔命一樣，她則痛斥她倆的不上進！章智說：「大姐一輩子糊糊塗塗，當老大的，妳有個事兒想找她商量商量，都不行。就知道說妳好日子燒的，好日子不過。是事兒就論錢，總以為我們幹什麼，都是為了錢。」

「可不是嘛，小麗也是，一輩子就知道打麻將。打麻將妳能打富了也行啊，或者好好打，打成賭王。唉，都這年紀了，就是混，一點力都借不上。」

「聽咱爸說，奶奶那一脈，有兩個姨奶，一個看牌九把家輸光了，讓男人趕了出來。另一個，一輩子受氣，還以為過得挺好。我看她們就像了那兩個姨奶。」

「這隔輩兒像哎，還真是挺奇怪的。」章智說。

「二姐，妳這麼喜歡當官兒，像了叔叔。」

「妳愛畫畫，還愛唱愛跳，像咱三姨。」

兩人都笑了。

「血緣，遺傳，人的秉性，一生的造化，命運到底幾斤幾兩，我真想掀開看看命運的底牌。」

章慧癡癡地說。
「不用想那麼多，悶頭活。天機是不可泄的。」章智又取來熱好的奶，一人一杯。章智的年輕、好皮膚，都跟牛奶有關。章慧知道二姐晚上一直用牛奶洗臉，僅次於宋美玲當年的沐浴。而四妹章麗呢，平時連喝都說不服，拉肚。大姐章華更是固執，她認為老百姓就是喝粥的肚子，喝粥照樣長大。幾姐妹生活習慣各異，但大體是省錢和費錢兩種，章智家晚上燈火通明，她說：「省錢省不出富翁。摳摳索索，省著省著，窟窿等著！」章麗晚上玩手機都不捨得開燈，致使年齡最小的她比幾個姐姐眼睛都壞得早。用水的習慣，也是以省為主。章慧差不多每天都沖澡，而大姐和章麗，還維持著東北老家「洗一頓」的習慣。想到這些，章慧就會聯想命運跟人的關係，那享福的、受苦的，是不是從一出生，不，從坐胎開始，就都註定了呢？然而，造化弄人，看似享福的，又不覺得甜；而苦累者，卻常常自喜。這可能也是上天的安排吧，不然，人類都該像那爬上岸的海鯨一樣，不活了。
不早了，章智起身去廚房弄飯。章慧站起來欣賞她家的博古架，書櫥。在章家，章智的地位最高，大哥常號召大家要向老二學習，誇老二有正事。教育章武，以這個姑姑為榜樣。章武也扶得起，四十出頭，就正處了。
和二姐比，章慧又常常是大哥號召警戒的對象，同樣大學畢業，同樣在體制內，人家章智一步一個腳印，而她呢，連個正科都不是，畫畫兒能畫出個什麼名堂來呢？自古唱戲、畫畫都算雜耍，一輩子沒有什麼正經營生。章慧的狀態讓家人恨鐵不成鋼，說她真像那個一輩子唱戲混春秋的三姨了！

人死了，真有靈魂附體嗎？章慧睃著二姐家的書櫃，多是厚黑類祕笈，沒有關於靈魂的書。

章智進來，她做好了兩碗高水準的蔥花麵，看著就有食欲。章慧剛端起，手機響，是大姐章華，她說：「快點來吧，小麗喝藥啦！」

她們是打出租來的醫院，醫院不好停車。沒想到醫院擁擠得像菜市場，連走廊，都躺著人。省人民醫院，髒亂成了大車店。資源，資源，一切的問題還是資源。掛號難，看病難，住院更難！很多病人就躺在自家製造的土架子上，待在走廊，住不上院，等的權利，還是有的，你總不能給他推出去。

有的人已經輸上了液，奄奄一息，這樣的隊伍從大廳，逶迤到了門外，殘敗的戰場一樣。她們找到病房時，小麗已經洗完了胃。章慧納悶兒床位是怎麼解決的，這時看到了章武，還有大哥。侄子章武和最小的姑有感情，章麗小時候是他的玩伴，看來這床鋪，是章武的功勞了。

沒有生命危險，大哥和章武就準備走了。這樣的折騰不是什麼光彩事兒。他們皺著眉頭，章麗都這個歲數了，還搞這個，真是讓人煩。可一奶同胞，又不能見死不救。

章慧從大姐不算連貫的敘述裡，大概明白，是家人的三角債導致了這場自殺。章華攢了幾萬塊錢，放到了章麗手裡，是她的私房錢。章麗把大姐的連同自己的，交給了侄子。章武本身並不炒股，他也不懂基金，是他的那個部門，同事們都在暗暗參加一個高息儲，他也動了心，就幫了小姑。

前幾天章華的兒子有事，她需要把錢拿回來，可是找章麗一說，章麗再去問章武，章武問同事——完了，那個基金出事了。

這下可要了章華的命。她不相信，共產黨天下，人民的政府，能明目張膽讓老百姓虧錢？打死也不信！

章華開始拚了命，瘋了似地要。整到後來，好像這個錢，被章武吞了似的。大嫂就跟章麗翻了臉，電話裡話裡有話地說：「誰黑心，誰知道！愛占小便宜，見錢眼開，爸死時，手上的那個戒指被誰擼了，心裡還沒個數兒嗎？天天愛賭的，天生就是賊！」

章麗是侍候父親最後那班的人，父親戒指沒了，她瓜田李下。這一戳，杵到了章麗的七寸，疼得她在電話裡「嗷」的一聲。

章麗搬出的武器是嫂子賤，賤到什麼程度呢，當初追哥哥，連蒙帶騙，未婚先有，才混進的章家。人醜心還黑，天天玩手段，不然老章家的兒媳婦裡，可不會有她這一號的。攪家不賢！一個姑娘家，當初為了把漢子弄到手，又是洗腳又是假孕的，什麼手段都使！這種賊比小偷可恥多了！

回擊得有力，也把嫂子惹急了，她開始上重磅炸彈：「我再偷，偷的是自己爺們兒，光明正大，不違法。可有的人呢，照著親姐夫下手，讓自己的姐姐一輩子都不願意搭理她，看見她就噁心！妳說這樣的人還活個什麼勁，要是我呀，撒泡尿浸死得了。」

傷口上戳刀。小麗撂電話就用喝藥來拚命了。

聽說灌了兩次，可能不多。她醒了，但不願意睜開眼睛。

不想真死，賭命震攝，這是小麗的本意吧。

嫂子也在醫院，她並不是怕她三長兩短，主要是怕大哥。三角債導致的扯閒話、挑撥，不管真死還是裝死，都要出人命了，妳想獨自逍遙？

章智有眼力勁，她讓大嫂走吧，這裡有我們，嫂子就走了。

病房內的空氣不好，好人待久了，也會不舒服。章慧、章智同時看到，那些照顧病人的護工，已經不再是護士，他們像專業的力工，多是一對對的兩口子，從農村來，長期包下醫院的護理工作，跟醫院有分成。這個科的病房內多是做肛腸手術的，不能動，不能便。夫婦兩個人，一把子好力氣，把那病人一提一翻，給小孩換尿布一般，快速熟練，不分男女。章慧驚異的是那些人都裸著，無論年歲大小，已經習慣了這對夫婦的掀翻、揭起、換藥……。剛才進來時大廳躺著的病人讓她們驚異，現在，這對農村夫婦，更讓人百感交集。章智有潔癖，她拉著章慧來到病房外。

「聽說他們兩口子這樣幹一年，回家能蓋個大瓦房。」章華在一旁說。

「掙再多，也是天天對著病人的屁股。天天給這兒換藥，真夠難為的了。」章智說。

「聽說這個，還不是誰想幹就能幹，得走後門、拉關係呢。」章慧想起苗大姐說過醫院的這個情況。

「人活著，真不容易。」章智顯然還是對一年四季面對病人的肛門，產生不易之感慨。

章慧說：「小時候，天天上學路過二丫家，二丫她爸她媽殺豬，她們家油漬麻花的，特別埋汰，可是有錢，日子好。我從來沒羨慕過她們，那時我想，人這輩子要是天天擺弄豬肉，還不如死了呢。錢再多，有什麼意思？每天重複著同樣的勞動，像剛才那對，唉，真是不容易。」

「都是不得已，各有其命。農民種地，女工紡織，誰手中的飯碗，都不是白端的。什麼不單調？當官兒的日復一日，發財也如此。妳畫畫，不也是重複？」

「錯，二姐，妳以為畫畫是每天重複，其實恰恰真正的藝術是不重複的，是每天花樣翻新，有無限可能，才那麼吸引人，讓人癡。」

「妳太像三姨了。」二姐再次說。

大姐用眼睛招呼她倆進屋，病房裡，小麗睜開了眼睛。

兩行亮晶晶的淚水，一雙沒有神的眼睛，和一張蒼白的臉。章華上去給她擦，粗糙的手掌似是把她杵疼了，小麗一激靈。章慧把大姐撥開，她用乾淨的紙巾慢慢給妹妹拭，就拭出更洶湧的淚。小麗看到了床邊站著的二姐，這淚水就感動加羞愧了……

「妳就是傻，死什麼死呀。說兩句難聽的，就去死？真是白活了。如果幾句話就比刀子好使，妳紙糊的、泥捏的?!」章華又說。

「大姐，妳一說話就難聽，好話也不會好說。」章慧說。

「難聽我也得說，我是她親姐。她今天真有個三長兩短，難受的是我們親姐妹，人家儲玉蘭，肝不疼、心不顫，說不定，還樂呢。」

大嫂子叫儲玉蘭。

這一翻折騰，小麗的胳膊更細了，搭在被邊兒，像一根擀麵棍兒。章智的眼裡閃起淚光，這個當年氣得自己半死的妹妹，一晃，都老了。姐三個都圍在了小麗的床邊，章智給那根擀麵棍掖了掖被角，小麗又是一串淚。嗓子裡含混地叫了聲二姐，這也是多少年沒叫過的了。章華往地上指了指，說：「看，妳二姐給妳拿來這麼多東西。」

成箱的進口牛奶，還有高級補品。章智和章慧出門時，從章智家拿的。章智當年曾揚言：「妳就是死了，我都不帶掉一滴眼淚疙瘩的！」——現在，她不但淚水洶湧，還心裡很疼。章麗皮實，她用細胳膊抹一把眼睛，說：「沒事兒，姐妳們不用擔心我，我死不了。」

姐幾個都淚眼朦朧。

五、我們又到哪兒去？

兩個月後，章慧和汪一水又見了一面，汪一水提出去爬山，章慧想爬山總比那些說退休了，就寫作，就練書法，就這就那的好些。爬爬山，換換空氣，也算給胸中的汙濁透口氣吧。

是個星期天，人不多，開車四十分鐘就到了山腳下。爬山的愛好不用學，到了就爬。讓章慧吃驚的是，汪一水竟穿著皮鞋。她原以為，他只是開車穿，下車後，會從後備箱掏出裝備，至少，要換上旅遊鞋吧？沒有，汪一水上衫依然是西裝，藏青色纖維的西服。腳下，那雙大沿兒尖頭皮鞋，秋日的陽光下閃閃發亮。

「你不換上旅遊鞋嗎？」

「不用。我穿皮鞋穿慣了。」

「爬山也穿？」

「幹什麼都穿。」

「在家也不脫？」

「你還真說對了，我在家，都不喜歡穿拖鞋。皮鞋跟腳。」

章慧想笑但沒笑出來，她不敢想像，一個人在家裡，踩著地板，或地磚，哐哐哐，啪啪啪，那是什麼感覺。汪一水看出她的疑惑、求知心，爽朗地笑了笑，他說：「很多人都奇怪我為什麼一直喜歡穿皮鞋，連我原來的老婆也不解。其實，沒什麼祕密，就是小時候穿布鞋穿苦了，不是露前腳尖就露後腳跟兒，再不就掉綁兒了。自從十四歲參了軍，有了膠鞋。當了幹部，有了皮鞋，我再也沒脫過。說老實話，皮鞋比什麼鞋都舒服，合腳。」

這套理論章慧沒太往心裡去，本來，今天相約，目標在事兒不在人。爬個山，戶外，呼吸新鮮空氣總比泡咖啡廳強，又省錢。自從上次她跟汪一水請託了那件事，汪一水跟她電話中通報了幾次。開始是，周雲沒在本地，去南方學習了，學習浙省先進的文化理念，他們要在那個著名的大學，全脫產學習一個月。

一個月回來後，汪一水電話約她見面，周雲老到，電話中非常熱情，但是不直面問題，說：「老領導了，有話就說，客氣什麼。」她還說，有時間，她會來汪一水的辦公室拜訪。求人家，哪有她來拜訪的道理？汪一水說這種事如果連坐一坐都辦不到，那就準黃了。所以，他還在等，等最佳時機。

沒有結果，人家也終究費了心。所以汪一水提出爬山，章慧就附議了，雖然她對爬山沒什麼興趣。

上山，彎腰，卯足勁，蹭蹭蹭。汪一水爬得比章慧快。章慧想，別看他穿皮鞋哎，一點都不耽誤，還爬得異常堅實、堅定。不怪人家說穿慣了，看來那皮鞋，穿久了，猶如人之趾甲、獸之掌翼，是有助其行、其翔的。下山時，汪一水的皮鞋更顯示出了其神奇的功用——坡有些陡，章慧幾乎是蹲坐，向下出溜，還每每要栽下去。而汪一水，皮鞋四邊硬硬的大沿兒，小梯子一樣，欻欻欻欻，穩步而有節奏，只一會兒就勝利凱旋。待章慧老年婦女一樣彎著，喘著，費了大勁滾到山腳下時，汪一水，這個瀟灑的老幹部，已經插著腰，站在山根兒乘涼了。

爬山實在不是什麼好項目，章慧想，雖然她喜愛山水，畫畫也需要寫生，但這樣的為爬而爬，爬上爬上，實在枯燥無味，體會不出半點樂趣。

待他們出公園時，遇到了麻煩。原以為停車是免費的，可是戴袖標的老頭走過來，要交費，還說出個不低的價格。這遠遠超出了汪一水的生活經驗，連章慧也覺得這有點打劫。要收費可以，可是這樣漫天要價，近乎攔路搶了。兩人愣著眼睛互相望，老頭則一臉無辜，說：「上面定的，上面領導讓收的。」

汪一水鎮定下來，他的臉上，是看要飯花子行凶的表情，他不相信停了這麼幾個小時的車，要收這麼多錢。他問老頭：「你們的上面是誰？誰規定的？哪個領導？領導叫什麼？讓他拿來文件我看看。」

一連串的問題，讓老頭剛才的無辜變成了無賴。他舉著小黑匣子，說：「跟我說這些都沒用，當官兒的讓咋收我就咋收。你是交現金還是刷微信？支付寶也行。」

章慧再一次吃驚了，為老頭兒的這份無賴從容——你要現金刷卡還是微信？這是心理學和邏輯學上的雙重陷阱，給你兩個口兒，讓你跳哪個都是坑。而他，一個城中村的老頭，沒什麼文化的農民，現在，一下子給了你三個洞，鑽哪個，都是請君入甕——汪一水都陷入三難了。

「有兩把刷子啊！厲害了，我的農民大爺。」章慧微微笑著。

「我問你們領導是誰？哪個部門管你們？」汪一水再次強調。

老頭兒報上了個保安的名字，保安隊長，應該就是他們領導了。汪一水當然不認識。上級主管部門，老頭都不知道是個什麼東西！不過，現在他也看出眼前的人勢頭不小，像個老幹部。老頭氣焰略有所靡，他聲音不高地嘟囔：「大冷天的，你們要是少給，就得我自己補。我也一把年紀了。」

「站了一天不掙錢，還得給你們倒貼。」老頭又說。

章慧是真真吃驚了，這老頭，還擅攻心吶，什麼招數都有。先威嚇，再強奪，復三難，後軟化，有文有武，文武兼備。這要是出山，也坐到廟堂，高人啊！

章慧從包裡拿出一張五十的，遞給他，說：「沒有就別找了。」

這算獎勵吧，長見識的學費。

老頭淡定，說：「別，有。」說著找出兩張五塊的。然後轉身走。

汪一水喝住：「等一下！」

老頭以為這兩人後悔了，只擰著頭，不回轉身，意思是：幹嘛？

「開票！」汪一水說。

老頭笑了，撕下一厚沓，說：「這個嘛，有得是。要多少有多少！」

奸詐、愚昧又貪婪的臉，可對付人間一切強敵。章慧的心百感交集，跟汪一水一路的無趣、爬山的枯燥，在這個收費老頭面前，紙遇水一樣，化解了。

汪一水啟動了車子，她付費，汪一水拿發票。汪一水自言自語地說：「這太不像話了！回頭我找他們領導！」

作正義狀，虛張聲勢，也許是化解人家付費、他拿發票的尷尬吧。

路不熟，汪一水開得很慢，前窗玻璃上，懸著好大一盤月亮，才傍晚六點多，月亮就出來了，金黃金黃，這麼亮！在這個霧霾濃重的城市，能見到這麼好看的月亮，章慧有些走神兒，又到農曆十五了？該給母親、三姨還有父親，這些遠去的親人送寒衣了。汪一水也發現了月亮的好看，他說：「這麼大，這麼圓！像個大圓盆！」

像個大圓盆！可不是，章慧的心情突然格外好，一路上，低垂的月亮快要懸掛到了車窗前，真的像鍍了金的大圓盆。造物主神奇啊，人間如此艱難，世界如此美好，這圓盆一樣的月亮，像熔了金鑄成。夜色壯麗，生命值得！章慧都快湧出眼淚了，她側臉看了一眼汪一水，汪一水正小心翼翼，專心致志——壯麗的人間，緲小的我們……。章慧突然有了創作的衝動，畫一幅畫，名字她都想好了，月亮，山，人……。構圖想完，創作似也完成了。心中溪流一樣，有了蕩漾之感。正這樣想，汪一水說：「我昨天見過周雲了，她也當我面，給小蔣打了電話，對方說，目前沒有編。」

章慧突然從冥想的創作來到現實，一時回不過彎兒。

汪一水說：「啥理由，其實都是不辦。不辦，還給妳個好聽的理由。這個女人不再是當年的小周了。」

「哦，那也謝謝。」章慧明白過來了，汪一水今天相約，就是當面告訴她這件事。老幹部，辦事有板眼，也有儀式感，不敷衍。

她今天陪汪一水來爬山，其實，主要關心的，也是這事兒。

「人退了，就不行嘍，不是從前嘍。」汪一水把他年老的脖子向後挺了挺。

「謝謝，非常感謝，感謝您的費心。我領情。」章慧說。

「不過，她能給說，也算給我面子了。周雲這女人還能升。」汪一水說。

章慧沒接話，周雲升不升，升到國家主席，跟她沒一點關係。她覺得疲憊了，一直沉默。到了家門口，分別時，汪一水竟走下車，很有禮貌、很鄭重地說：「小章，今天分開後，我知道妳不會再跟我聯繫了。妳沒事兒，不會跟我浪費工夫兒。我一個退休的老頭兒了。不過呢，看在妳誠實的份上，我多說兩句：妳肯定覺得周雲就一個花瓶，還玻璃的，憑什麼持有權力？告訴妳，這叫勝出必有其長。妳看她，心可以硬，可是人家的表情永遠柔軟。別管心裡多苦，那面兒上，始終大好春光。妳能做到嗎？剛才我說了事兒不行，妳嘴上客氣，說謝謝，可是妳的臉上，寫的什麼，我都看得清清楚楚。喜怒形於色，人之大忌！」

喜怒不形於色，那還是人嗎，不成狗了嗎？章慧看著絕塵而去的汽車，嘟囔著：「沒喜沒悲，那不成了石頭？石頭也做不到，它還知道冬冷夏熱呢！」

回到家，章慧衣服也沒換，她穿著鞋子「噔噔」走到畫室，拿起筆，蘸著盤子裡的顏料，刷刷刷，幾筆，就畫出了山、樹、人、天與地，還有一面圓盆般的月亮。一個爬山的老人，她在旁邊注道：穿皮鞋登山的老幹部。想了想，又改：喜歡穿皮鞋登山的男人。

六、來路　歸途

走廊上，又響起了「哐哐」的腳步聲。由「嗒嗒」，變「哐哐」了。深秋，人們穿得都很厚，霸氣的鄭小琴旁邊，還是小狐狸一樣乖的楊小萌。她依然那麼靈動、曼妙，歪著小頭仄著身子。如果不看她臘黃的臉，單從側面，她依然是很美的。

通知今早開會，昨晚已經很晚了，辦公室打電話挨家通知，確認。要開什麼重要的會呢？辦公室主任沒好氣地說：「除了家裡喪事，其餘都不許請假！」這就有點嚇人了。不過，看鄭主任鏗鏘的氣勢，墜在她們身後的章慧想，這個會肯定比喪事重要。

進了辦公室，章慧趕緊弄杯水，去會議室。會議室已經裝修五年了，人們進來，還是會被劣質的材料嗆得眼淚汪汪。霧霾、甲醛，有些人在咳嗽。上個月，一個比章慧還小，三十多歲的姑娘，得了白血病。坊間小道傳，本省的腫瘤醫院，一個村一個村地收治，都是那些皮革發財的縣。而城裡這些輝煌的廟堂，大理石材牆面，魔鏡一樣吸附著人體的精氣，得病的多著呢。

主席臺上坐滿了人，很森嚴，確實像有大事要發生。通知要求都戴著口罩，可有些人嫌憋悶，把口罩兜到鼻子下面，或下巴以下。「要戴口罩，要防止感染，得肺癌的越來越多了。」這是坊間悄悄的流傳。章慧揀了個角落坐下來，抬眼望主席臺，沒想到寂寥了很久的吳書記，今天，坐在靠左的位置上，容光煥發。這時章慧才聽到同事小聲議論：吳書記要高升了。

鄭小琴今天不能做主要講話，她淪為主持的。拿著話筒一個一個地介紹。做重要講話的，是上級一個領導。他宣布了一項重要決定，果然是吳書記提拔了，到另一個資金雄厚、舞臺更大的博物院去了。這下他可有用武之地了，聽說博物院在建款幾個億，十年都建不完，工程多，時間長，關鍵是錢多，這個喜愛裝修的書記，這下廣闊天地，可大有作為了。

章慧看著臺上的這個小個子男人，真不白給。被鄭主任鬥折戟了，老實的日子算養精蓄銳、臥薪嘗膽了，今朝，再一次勃發，鷹擊長空，魚翔淺底，叫鹹魚翻身吧。有人歡樂就有人愁，其餘人都肅穆著臉，確實像在辦喪事。

吳書記留著妥貼的分頭，有點像上海說清口的那個姓周的。只是他比周氣血足，臉膛紅潤。他的兩邊，坐著兩個處長，都是處長了很多年，有的甚至上了二十年，熬了二十多年的處長，還沒得提拔，他們的臉色必然是黑的、暗的，眉頭沒法舒展。升一步，從正處到副廳，這是多少男人終生為之奮鬥的目標，可惜，熬白了頭，耗盡心血，一輩子也實現不了。現在，被這個河邊都濕了鞋的小子，輕易就撈到了。這樣的事實，讓更多人不是太悲傷了嗎？然而，同僚們還要互道著客氣，說祝賀的話，演戲啊。

鄭主任今天沒資格話癆，她只能對著話筒按事先的規定動作，一項一項宣布。不用包圓全場，她的水杯也就一直是滿的。楊小萌幾次上來想給水續杯，都在她目光的逼視下，退了回去。

該升官的升完了，上級要陪同吳書記去上任，會議暫停下來，鄭主任陪著大家來到樓下，送別。之前，她對吳痛下過殺手，現在，卻像兩個生死戰友一樣，互相握手，拍肩膀道別。更多的人再次向吳書記道賀，包括那兩個黑了臉的處長。送別，高升，進入說好話的環節，所有人都表情親切，可是空氣凝固。一個副廳升上去，多少處級落下來。苦心經營了一輩子，小心謹慎慢慢攀爬一輩子，可是抬起頭，才發現，山頂那個唯一的交椅，已經被一人穩穩地占據了，半山腰這些，上不去下不來，心如刀絞。

吳書記終於離去了，背影消失，大家低下頭，默哀一樣。

昨晚辦公室主任說：除了喪事，誰都不許請假。此時多像治喪啊。

剛才，章慧還看到，鄭小琴，這個霸氣的女人，剛才在那兩個並無領導關係的處長面前，都逢迎諂媚，低賤得像個老媽子。而那兩個小處長，小老爹一樣，擰著脖，抬臉望天，牛逼得很。誰也不是平地起高樓，這個在單位裡最有權力的女人，她的每日「嗒嗒嗒，哐哐哐」，那些鏗鏘，得有多少伏矮做小墊底啊。

終於都走完了，剩下本單位的。有人口罩的鼻孔處是兩個黑點，那是濃重的霧霾，和胸腔的呼吸，相互作用的結果。這才剛入秋，就有人咳嗽，有人吐濃痰。空氣汙濁，熏黑了鼻孔還看得見，如果是肺呢，內裡的肺都黑了，大家怎麼知道？鄭小琴招呼大家趕緊地，快回屋，會還接著開。然後，她的腿腳比誰都快，會議室就又坐滿了，鄭主任依然是首席，她要開始講話。

安全生產、防特大突發什麼的，大家司空見慣。鄭小琴唸文件，大家左耳聽右耳冒。接下來，她把臉色正了正，又沉了沉，沉出幾分威嚴，宣布：「楊小萌，由原來的非遺主任，升任為館長助理，擔子重了，協助領導分管人事和財務的簽字審批權。」

所有人都露出了驚奇的臉，同時，又意味深長。楊小萌乖、順、迎，哄死人不償命，這是她的看家本事。吳書記當權她得吳書記寵，鄭主任得勢她轉向鄭主任，並且，次次成功。升官兒，攀爬上重要交椅，這是早晚的事。讓大家驚掉下巴的是，接下來，又一決定：一個從來不起眼兒的死胖子，上班天天睡懶覺，要麼打遊戲的混沌胖子，他，來接替楊小萌的主任一職。沒有任何業務專長，來單位三年他睡了兩年半，後來好像離婚了，偶爾還帶孩子來。醒來的時間，電腦上打打遊戲、聽聽音樂——這樣一個人，一個一直被大家嘲笑誰也沒瞧得起的人，現在，竟當上了主任。大家再次默哀一樣低下了頭，看來，人家真是有人啊，沒人，也不敢這樣天天玩、睡了。玩著睡著，還成了黑馬。

後面再說什麼，大家就都不大聽了，有人偷偷玩起了手機，反正所有的事，都是上面定，跟大家也沒什麼關係。除了玩手機，還有人攥核桃、盤手串，老的、少的都知道養生了。活著最重要，活著才是勝利，大姐她們就是這樣信奉並秉持的。楊小萌上來續水，還是主要倒給了鄭小琴一個人，另兩副職視而不見。章慧想起二姐章智曾說，她們那兒的辦公室主任，就是給老大一人當的，專門侍候的是老大，老大弄好了，全單位也就都是他的菜了。哪裡的江湖水都一樣深，哪裡的烏鴉毛也都一樣黑，順著好吃，橫著難嚥，保命的哲學，活著的最大利益化，楊小萌懂並且是深深地嚐到了甜頭。多少年了，她都奉行聽最有權力的人的話，一分鐘前她能橫眉冷對，一秒鐘後，就笑靨如花……這樣的女人在家是什麼樣子呢？她丈夫面前，又會怎樣？馮塵說，周雲官兒再大，躺床上也是女人。她有點懷疑馮塵的這一論調了，楊小萌她們，會不會因為在外面壓抑了太久，伏低做小了太久，回到家，而更加男人婆呢？無論床上床下。

空調的壓縮機嗡嗡聲更大了，有人出了汗，有人摘下口罩，還有人打起噴嚏，更有人擤鼻涕，男人不用紙而用手，這個惡劣的習慣讓人噁心。鄭主任怕傳染，她瞧了一眼窗外的霧霾，加緊強調幾句，就匆匆散會了。

七、想看看命運底牌

你的命是九升九，你就難求一斗。——三姨媽活著時，這句話常掛嘴邊。那時，她用這樣的話來自慰，也藉以開釋還啥都不懂的三哥兒。章慧的小名她一直哥兒，哥兒地叫。「哥兒，妳還小呢，長大妳就知道了，人強強不過命。」「哥兒，咱是事兒不眼氣，命裡幾斤幾兩，老天爺都給妳約（東北人讀腰，稱的意思）好了。」「九升九，妳就難求一斗。」——那時章慧問三姨，為什麼一輩子不找三姨夫？為什麼一唱二人轉就開心？為什麼二丫家那麼有錢還那麼埋汰？十萬個為什麼，都在九升九理論下，自問自答了。那時章慧確實太小，命運之於她，就像頭頂上那片藍天，太高太遠了。即使活到了青年、中年，一心沉醉藝術的她又有幾分了然呢？只有現在，挫折了，坎坷了，現實太荒唐，她不是泥鰍，她想離開泥塘，可是魚兒偏偏沒有水，曬在沙灘上。她才對命運二字的玄機，體味出一點兒苦澀。

章麗身體沒事了，三角債互欠的那筆基金，在大哥的評判下，重任，落在了章智和章武肩上。章智一再說，她自已的難題，還不知去哪個廟燒香呢，這樣的事，沒辦法。說是這樣說，實際也費了心。章武呢，更是顯示了年輕人腦子靈的素質，一學就會，一點就通。說到底，是些拆東牆補西牆的玩意，甩鍋擊鼓把窟窿放到別人腳下的遊戲，玩下去，繼續玩就是了。章武把姑姑的錢給要了回來。而那些找不上關係、求不上人的，就自認倒楣，都是壘牆的磚。想鬧事，監獄侍候。平安就是好日子啊！大姐和章麗都滿足。

但是，閒下來，一家人湊一起閒聊的時候，還是忍不住，會批判批判章智，說：「都副廳了，當著那麼大的官兒，這點小事兒，還辦不了。家裡人的被騙了，她也不著急，這樣的官兒當再大有什麼用，還不是給她自己當的。」

這話傳到了章智的耳朵裡，她跟章慧哭訴，同時也有憤怒兼回批：「有事就找我，有事就找我，好像我是他們的市長似的。我這個官兒，是專門給他們當的嗎，為他們服務呢。妳說說，他們也不想想，我走到今天，容易嗎？哪一腳，不是自己蹚？能幫著出出主意也好啊！可是妳看大姐，一輩子了，也就眼皮底下那點兒事，還動不動說我們好日子不過。她哪知道，半山腰懸著的，有多難！」

「是，大姐沒文化，妳也別跟她們一樣。」

「沒文化也罷了，還財迷心竅，買什麼基金，老想發大財。這出事兒了，想起我了。妳說，他們平時，哪一個不是悶頭活？我自己深一腳淺一腳，至今還陷在爛泥裡，他們懂什麼呀。」

「是，不努力，都混慣了。」

章慧這樣附和，是把大姐和另一些人包含了進來。因為她聽到，家裡人除了批判老二，還對她也進行了撻伐，說：「同樣大學畢業，都在體制內混，章智好歹還有個正事兒，知道一步一步向上走。可她呢，妳看她都多少年了，也是吃皇糧的，可是天天盡整些沒用的，不是畫畫，就是看書，腦袋都看傻了。她們那個館，老有錢了，叫什麼非物質什麼財產，納個鞋底兒，整個破鞋幫子，都能要來錢。人家誰都幹，就她不上心，不上道。妳說說，她都這個歲數了，多虧沒孩子，要是有孩子，得和她喝西北風去。有丈夫，人家也不帶跟她過的。」

「沒正事兒。」

「缺心眼兒。」

「上大學把腦筋上壞了。」

……

「她們自己四六不懂，還說我傴。」章慧說。

「井底之蛙，還說我想當官兒改不了臭脾氣，這輩子也就這樣了。妳說這像一家人該說的話嗎?!改了脾氣就能當上了？想得太簡單了。」

「是，都站著說話不腰疼。」

兩個人說完了家裡，又唸叨起各自的心事。章慧很萎靡，她說：「二姐，我的事努力了那麼久，還是不行。對方說沒有空編，暫時不缺人。」

「不用難過，這就像一輛公共汽車，上了的，都願意關門。」

章慧手機裡有電話進來，把微信打斷了。是馮壆。她接起，又快速地打字給二姐說有電話進來，改日聊。馮壆問她在幹嘛，她說發呆呢。

馮壆的話匣子就開閘了。

為了離開泥潭，先在泥汙裡打滾兒！這半年，她成了馮壆的接線員，還給汪一水當過愛聽老幹部講家史的無知女學生……，時間浪費不少，金錢也有所耗費，事情呢，霧霾一樣。時間過去了這麼久，命運這塊大磐石，紋絲不動。

馮壆說：「其實，妳也別以為群藝館就好混，爭權奪利，那裡都一樣！」

「不爭權，不奪利，埋頭自己的事，總不會天天挨整。」

「也未必，老大不溜鬚好，哪兒都難混。」

「跟你說，天天對著電腦上那堆爛課題，我都想吐。」

「整一堆爛鞋幫子也去申報資金，整錢，荒唐得都讓人做噩夢。」

「都一樣，都一樣，哪兒都一樣。妳要接受時代變了的現實。」

「說了半天，你是在跟我成事呢，還是打破頭楔呀？」

「也成也破。是讓妳頭腦清醒。比如周雲，妳看著風光，有權，可是她那位子，多少人盯著呢。不付出巨大心血，勞心勞神，位子坐不穩。誰都不好過，妳這才哪兒到哪兒呀，看個臉色，聽兩句難聽的，就吃了多大委屈似的。跟人家比，妳這是小泥水溝兒，人家才是長江大河。」

「我從來就沒跟她們比過，不是一路人。我沒那樣的能耐。我只想畫畫！」

「那妳回家畫，辭了職回家——妳們單位領導肯定這樣將過妳吧？妳不敢辭職呀，捨不得砸碗，對吧？是人就得先吃飯，吃飽了飯，再說別的。」

「你到底什麼意思？將我？」

「不是將妳，是想讓妳寬心。要將就飯碗，就得忍受拘管。到群藝館固然是好，可那兒和這裡，有溝壑，妳得一點一點爬，這是妳要付出的代價。」

章慧覺得馮麈今晚的電話，純屬沒話攪和嗓子。

「還有妳單位的鄭小琴，別看她一處級，沒幾把刷子，沒扛勁兒，也熬不到今天。還有妳們單位那個提拔了的小胖子，大家都以為他撿了便宜，多數人不知道，他爺爺，就是小吳爸爸的乾爹！一個藤上的瓜，明白嗎？」

「一切皆有來處。」馮麈說。

章慧不吭聲，馮麈繼續，他說：「比起那些人，妳算享福的。她們要經過多少的煎熬？心裡得裝多少垃圾?!妳呢，妳活得多輕省啊。從這個角度說，妳是幸運的！滿足吧。」

「周雲妳把她當成了官兒，可是在多少政治對手那裡，她就是個政治婊子！」雖是同仇敵愾，可也太粗魯了。況且，她還是你前女友。章慧認為馮塵不只是花椒大料，他還是個小人。找藉口有電話進來，就把馮塵掐斷了。

八、祭祖與大婚

按照老家的習俗，章武婚前，要祭祖。回老家，給塋地裡的祖宗們說一聲，上上墳，知會一下，這一代子孫中有個叫章武的，要成家立業了。祖宗保佑，章家添丁進口，家族興旺。

如果單以人口多為家族興旺的標誌，那未來，很多家庭都會塌陷下去，因為章武已經說了，生是生，就生一個，多了，打死也不要。他本身就是獨苗，成長的過程雖然沒飢沒凍，但也不是多麼富足。和他一樣認為生孩子是吃虧的年輕人越來越多了。他們這些八零後，還願意給家族添一個，而多少九零們，直接就宣布丁克。對添丁進口沒興趣。升官加爵可以，回來祭祖，讓老祖宗保佑，自己將來步步登高，實現人生理想，這個，他是同意的。

男丁們都回來了，女眷，只有章慧。倒退二十年，章慧是沒有資格上山的，嫁出去的姑娘，家族的譜書裡都不可以入。倒退一百年，她們還都是張王氏、李趙氏呢。章慧跟著回來，表面上，她是看熱鬧，看稀罕。其實內心，章慧是好奇——「你家祖墳上長沒長那棵蒿子」，她是來看有沒有那棵蒿子的。

大哥、二哥，祭祖從不落陣。這回，三哥也回來了；他年輕時因為升職無望，下海，掙錢的理想沒有實現，行走江湖，愛上氣功；在遊蕩的日子裡，名聲越來越響亮，一代氣功大師。後遭政策治理，不允許亂發什麼氣功給人治病，三哥就改看了風水，成為陰宅陽宅先生。這個表面上依然不被允許，但需求者眾，官不舉，民不究，三哥靠這個吃飯，日子逍遙。章慧記得父親曾說過，太祖爺那輩兒，一個老太爺就是看風水的。不婚不娶，四海為家，是關裡關外有名的神漢。現在，這一絕技，到三哥身上了。命運、遺傳，真是個奇怪的東西。章慧想。

大隊人馬，奔馳越野，一共四輛車，開回東北老家。

這裡真是荒蠻得壯麗，還是那麼遼闊，還是那麼地廣人稀。這個時節，在中原以南，應該是陽光普照，一片春的氣息；而東北，這個地圖上雞冠子的地方，依然荒寒。冰凍的土地，剛剛開化，三哥用鐵鍬，很專業地砍了砍，指著墳前的一個位置說：「就這兒，就這兒，動盪那年不知被哪個王八犢子給挖了個坑，咱家當時不知道。後來太爺託夢，讓爸來看看。一看，可不是個坑嘛，裡面都積水了。如果不是那一挖，今天，咱家的後輩兒不定多有出息呢。」

這個章慧也耳聞過，父親跟大哥說，大嫂聽了一嘴又跟二嫂說，二嫂跟大姐章華說，章華跟小麗說。章慧當時聽這些，還無感；現在，她很用心地琢磨著。父親說章家的風水，是花錢請人看的。那個太爺雖然會看風水，可是自家人不能給自家看。風水六十年一輪回，他們章家的墳塋，狀似烏紗帽椅，四面環山，山前還有一條自然的河流。背山向水，後代至少要出二品、三品的，可為什麼沒出呢？在文革動亂的年代，王八犢子們鬥毆，給破了。估計是挖坑烤火，弄吃的，躲這背風，給挖了。走時也沒給填上，破了。

「要不是王八犢子們手欠，在這亂挖，咱家的後代，旺著呢。可不是現在！」三哥墩著鐵鍬說。

大家都紛紛走上前，往那兒看究竟。黑土和黑土都是一樣的，挖過坑兒，填埋了，現在，三哥再指，大家也看不出那兒和原來有什麼不同。

章慧除了看那個完好如初的坑兒，還張望主塋的碑，看看祖墳上到底長沒長蒿子。蒿子很多，不知哪棵算。它們野草一樣瘋長著，不遠處，還有幾棵大松樹，一百多年了，老人一樣。只是，那樹，一歲一枯榮，而人，都埋在土裡了。

挺立的松針，秋天落了，春天再生。祖墳上關於貧賤富貴的密碼，章慧盯著看了半天，也沒得要領。但是通過這次回來，她知道了章家的譜系：男丁們有過顯赫的，也有遊手好閒的；有良田美宅、三房四妾的，也有房無一間、地無一壟、光棍一生的。奶奶那脈，更是出奇，奶奶和她的姐姐就是雙胞，一個享榮華，一個受氣做小。還有一個小姨奶，在那麼嚴酷的時代，竟敢逃婚，逃得不知去向；待再回來，痲將牌九、勾欄瓦肆一生。

馮塵說一切皆有來處，這話，章慧終於懂了。

從老家回來，章武就舉行了大婚。本來是要大辦的，但政策不允許，婚喪嫁娶，標準有規定。便又是那些人，又是三大桌。

還是那家酒店，還是舒適的四面沙發，大姐章華來得早，她像坐在自家的熱炕頭一樣，坐在沙發上抱著腿。

章麗也到得早，章武幫她要回了那已然打了水漂的基金，有功，她和章華備了份大禮，算還大哥大嫂一份人情。

章智和章慧同時到的，她們都衣著華麗，表情也放鬆，又回到了雙胞胎的模樣。看她倆進來，大姐向一邊側了側。章智掛包時，大姐問：「這是老三那個嗎？」

章慧笑了，說：「是，都用舊了，二姐也不嫌棄。」

四姐妹同時坐在沙發上，像小時候飯桌圍一圈那樣，說著熱絡的話。大姐的裡面，肯定還是那件改造過的胸罩，她說著話要不時地到裡面揪一下，揪一下，暗中整理整理。章慧說：「大姐，我前幾天買了個新的有點大，回頭給妳。」

大姐說：「又是那什麼夢牌吧？一個破胸罩，要一件衣服的錢，它又不是金子做的！商家最能忽悠人了。」

「以後有錢，妳直接給我得了。」大姐說。

大姐東北人的習性，什麼時候能改一改呢？其餘三個的眼神，似乎都在思考這一問題。

人都到齊了，走菜！所有人上桌，各就各位。還是老中青，三代。大嫂這桌，談論的話題基本是誰家兒子有出息了、誰家女兒得濟；章麗她們呢，南方養老，北方養生；最熱鬧的是年輕人這桌，除了章武，還有二哥家章文，唱歌跳舞幼教畢業，現在，也走上了仕途，後起之秀了。兩個孩子是酒席上的主角，一唱一和，海闊天空。大家聊到了公司，上市、跳槽、跳樓……，一個人舉出例子，身邊的人能說出更多。「他能豁得出死，你就要豁得出埋！」「你光腳的還怕他們穿鞋的?!」「誰誰誰馬後炮，孩子死了他來奶！」——「天啊，他們才三十來歲，都能說出這麼老辣的話。」章慧想。大姐小麗她們說的養老、養生經，她不感興趣；聽這些年輕人的生猛，酸辣爽脆！本來，命運、死亡，這些話題根本不該在婚禮上說、喜慶的場合談論，可是他們不在乎，毫無顧忌，這就是當下，光腳的一代吧。

章麗說打麻將的王小紅已經不行了，才半年，開始咳嗽是當肺結核治的，說肺結核不是病。後來眼見著一天天消瘦，瘦得沒了人形，她婆婆說醫院就是錢篩子，挺。上禮拜有人去她家，說沒幾天了。

「健康，比什麼都金貴！」章華說。

「對，活著，比什麼都強。」章麗附和。

「活著就是賺的。」旁邊一個人也說。

「好死不如賴活嘛。」又一個道。

第二天，章慧有些輕微的感冒，她請了幾天假。再上班時，單位還是那麼熱鬧，霧霾深鎖，土木大興，灰塵和霧霾交織。走廊裡，沒有了「哐哐」的腳步，一連好多天，都是悄悄的。章慧奇怪，鄭小琴去哪兒了？她怎麼不上班了？

老大不在，大家都放羊，有早走的，有來了就出去的。會也沒人主持召開了，整個樓，都靜悄悄的。在這份靜悄悄中，一個祕密開始流傳：鄭小琴手術了，肺癌，切掉了大部分。

怎麼說病就病了呢？還這麼重。連並不八卦的章慧，也開始打聽了；可她問誰，都搖頭，聾啞人一樣。老大病了，還不知病情到底如何，人們不敢輕易表態。至於在哪裡切、診療方案，這些，都像大人物的健康一樣，高度保密，密不發喪。

越不讓傳，大家越猜。平時那麼壯的鄭小琴，走路都像夯地一樣，怎麼說病就病了呢？聽說，切掉了大部分的肺葉，多虧發現早，及時。那幾天章慧時常想，那切掉的部分，是不是人們常說的狼心狗肺呢？

九、尾聲

轉眼又是春天，日子真快。

章智曾說，舒坦了，誰還掙扎呢。不停撲騰的，那都是在水裡的，透不過氣的。不過，像走了氣的啤酒時間長會變酸一樣，不舒服久了，也會習慣。那份不舒服，也麻木不痛了。

人生多像一場足球啊，多少人為了那一粒球，無效奔跑一生，累得滿頭大汗，心臟都跳得疼，可是常常整場過去了，連起腳射門的機會都沒有。這，就是多數人的命運吧……。你還想看看命運底牌，想稱稱幾斤幾兩，老老實實背起你的十字架，不要覬覦，跟我來！

走著的路，肩上的擔，每個人都有十字架，誰也躲不脫。章慧近來覺得身心不是那麼難受了，胸中的垃圾，到晚上就能清空。回到家，聽一會兒音樂，畫兩筆畫兒，讀會兒書，發會兒呆，靈魂就輕逸。這也是造物主的神功吧。

單位的會，還照樣開。鄭小琴，這個堅強的女人，做過那麼大的手術，可她竟然，挺住了，又來上班了。而且，意志堅定，表現得比從前更加抖擻精神——想看老娘笑話，你們想得美！她給大家開會，還坐主席臺，還是首席。已經升任助理的楊小萌，侍候得更周到了。只是，現在的會，比從前短了，她的氣力不允許，講不了太長時間的話。

章慧看到，鄭小琴的頭髮有虛假的蓬鬆，那一定是墊了髮片的結果。臉上也塗了厚厚的遮蓋，嘴角、臉蛋包括太陽穴，都打著胭紅，整個臉色看著新鮮，不過，那越來越下垂的眼皮，小下來的聲音，都告訴大家，她就像一棵噴了過多保鮮劑的蔬菜，看著支愣，其實過不了多一會兒，還會萎下來，萎得更厲害。

這個為了權力命都不要的女人啊，真是讓人百感交集。

清明時，章慧回了趟老家，為三姨的事。這個養她長大的姨母，章慧對她的感情和母親一樣深。三姨一生未嫁，無兒無女，她的一小盒骨灰，當時就埋在姥姥家的林地裡了。外婆家已經沒有什麼人，老家那邊傳來話，大片的山地都要開墾種黃豆，要種大豆了。一些墳牌如果沒人管，就直接鏟平。

上次回來跟章武他們祭祖時，章慧還到過三姨的墳頭。說墳頭，就是一塊小木牌。現在，那塊小木牌，在一片蔥蘢中，像一柄古物。日月的光華，浸潤，讓松木牌木化成了玉。章慧持著它，在那兒看了很久，她相信三姨現在已經化成了風，化成了雨，化成了美麗的彩虹。天地都是她的，一縷輕魂，優游自然，多輕省自在啊。拿著那塊小木牌，章慧驅車來到了章家的墳地，她把木牌像種樹一樣，端端正正，種到了母親的身邊。

按著祖制、祖規，這肯定是不行的。但章慧誰也沒問，沒有請示任何人，就這麼做了。她覺得這樣安排，三姨會高興，母親會高興，她也很安慰。

回程的火車上，章慧包裡揣著一本書，那是外婆家唯一的遺物——長篇小說《復活》。老書，封面都沒了，內頁，也缺了不少，一定是被姥姥撕了抽煙。那是當年三姨、舅舅們的心愛之物。章慧記得剛識字時，唯讀瑪絲洛娃和男主人公情感的那部分，當愛情看。現在，開始的部分監獄外那大段的流放地描寫，她是太震撼了。當年讀不進去的「枯燥樂章」，現在，成了她的醇漿。——所有的社會問題，二百年前老托已經批判完了。托翁不僅有偉大的思想，還有一顆真正高貴的靈魂，他們敢於犧牲，身體力行……。相比較，你，你們這些人，所謂的藝術家，不過是附骨的蛆蟲，附著還怕摔落，想挪到一塊更安全的上，吸附得更舒坦些……，你們卑瑣得泥土都不如……

章慧批判著自己，坐著舒適的一等高鐵，整節車廂，都沒什麼人。窗外，是剛下過雨的東北大地，曠野遼闊，高速奔馳其間，天上的雲朵後退。天空海一樣藍，大朵大朵的雲忽聚忽散，開合變幻中，出現了城堡、海市、奔騰的馬、衝天的鯨……。動物、人類，如煙如霞，豺狼虎豹……。大自然，你真是上帝所造，山河壯麗，夕陽像是金子澆鑄的……。一股從未有過的力量，流遍全身，章慧不由也抱起了雙腿，屈膝，膝蓋擔著下巴——她已經好久好久都沒有這麼舒適過了，環抱自己，臥臉看窗外，天地繁華，萬物寧靜，這多麼像母親孕育人類的子宮……

——寫於二〇二一年夏，石門
二〇二二年四月修訂

色不異空

1

劉君生眼睛一直覷著楊小萌，她小提琴一樣的身材，此時坐成了葫蘆絲，甚至，有點像柿子餅——錢書記不在，錢書記若在，她會身板一直拔得筆直，偶爾，稍微前傾，像小學生在認真記筆記——劉君生把她看了個盡致淋漓：坐姿很美，尤其那肩、那腰、那背，美得無以復加，到了臀部，漂亮地甩了個彎兒，詳略得當，寬窄適宜。再加上那個符合黃金分割的小頭，和練過舞蹈的長脖頸，那弧度、那曲線，就像一把精美的小提琴！

「劉館長，妳說說——」孫副館把筆擲下，擲得很輕，很有派頭，她看向了劉君生，打斷了她的胡思亂想。同為副館，孫惠資格老，如果錢書記和鄭館長不在，她就是老大；她也喜歡開會，二十多年的開會習慣，讓她這樣一個名牌大學的畢業生，當年的文藝青年，也成了擅長開會的女幹部、女領導。君生是佩服她的，同時，又為她惋惜——民俗研究館，她們剛來時還是一個非常清淨也安靜的單位，那時，她們都風華正茂，二十多歲的小姑娘，還在為誰的男朋友相貌好點差點而嘰喳上半天。現在，職稱、級別、待遇、專家的名號，這些披掛上身，等級就出來了。劉君生從內心反感，一個研究單位把開會當成了日常。開會，開會，是個事兒就攢人開會，開會成了一年四季的工作。

她看著筆記本上的一二三、四五六，實在懶得唸。每年這時，她們都要討論——討論，計劃，計劃，討論。明年的工作，就是申報項目。申報項目也像買賭彩一樣，多申多報，總要中上幾個。專案一下來，這一年又有錢花又顯著工作沒少幹。這套方法，孫副館也已駕輕就熟。劉君生一直認為這樣做是糟蹋錢，是在瞎忙。但是，這樣的話，在今天的會上，她還敢說嗎？上一次，去聽裡開會，藝術處的召集人，讓各單位現場申報，明年的用錢和打算。幾十家單位，幾乎異口同聲，要錢要錢要錢。所有的專案，都是圍繞著要錢展開。似乎有了撥款，才能開始工作。劉君生看著大家搖唇鼓舌，謊話連篇，心下鄙夷：不就是想蒙資金嘛，還以工作的名義。國家建了那麼多場館，你們管理得怎麼樣呢？她瞟了一眼，在她的左前方，一個劇場經理，五十多歲的女人，她正仰在椅子上，太胖了，直著坐不住。她說她們劇場又該裝修了，椅子、音箱、地毯、空調等等等等，都缺錢。大熱的天，她披散著頭髮，桌下伸出兩隻穿涼鞋不剪趾甲的腳。由這樣的人來管理一個國家劇場，難怪劇場髒成了豬圈——劉君生去過那裡，幾十億的投資，才幾年間，紅沙發辨不出顏色，地毯都是煙頭燒出的窟窿、痰漬、煙霧，老年人光著膀子，壯漢光腳丫，小孩子突突亂跑——管理者和她的觀眾真搭啊，匹配——「到妳了，妳說說。」藝術處長點了劉君生的名，讓她說。劉君生鄭重地說：「我們民俗館，不需要錢，以前的專案到現在還沒結。我覺得，像我們這樣的單位，不需要總上什麼專案。未來，應該把更多的時間，用在研究學習上。同時也把從前的專案收收尾。現在一年到頭，大幫哄，上專案，要錢，花錢，研究人員一年都靜不下來，讀一本書，還做什麼研究啊?!」

所有的目光都投向了她，每隻眼睛都比正常看人時大——她有病嗎？她還是有精神病？二十來家單位，沒有一家不在說錢、要錢，就她清高，別人都是騙子？她的話還沒說完，藝術處長就意味深長地笑了。當天，劉君生的名字就傳遍了整個廳系統。當然，錢書記也知道了。錢書記看她的目光，讓她想起了老家那句話：「做賊養漢」，就彷彿，她做了賊、養了漢了。那可是老家最惡毒的一種罪了，現在，她不經意間，犯下了。男做賊，女養漢，丟大人哩。

孫副館繼續讓她說，說說明年經費的打算。她想了想，還是忍不住說：「咱們研究館，跟別的單位不一樣，他們劇場、劇院，演出、排戲，弄錢、要錢，讓他們弄去。咱們一民俗研究，是做學問的地方，安靜下來多好啊。大家都安安靜靜地讀書、做學問，出點真東西，多好。何必每年絞盡腦汁的要錢呢。錢要來了，又要緊鑼密鼓地花，完成任務一樣，到時間花不完還得收走，多累啊。」

孫副館的臉沉下來了，鏡片後面的目光穿透有力。同為副館，人家就有幹勁、有熱情，跟上面始終保持一致，處處有女館長的樣子。而她，說的這是什麼話？「什麼叫完成任務一樣地花？」孫副館嚴厲起來，大家都害怕。

「比如那個民俗大典吧，快十年了吧，咱們到現在還沒結題，人員都換了好幾撥兒。我現在都記得，頭兩年，到年底就得緊著花錢，不開會也要開會，花錢成了任務。現在，錢又不夠了，天天拆東牆補西牆的，文化工作怎麼能這麼幹？」

孫副館長看向了棚頂，這也是個事實。民俗大典，那時她還剛剛升任副館，為了做出成績，謀劃了這套大典。二百萬的經費，頭兩年是很闊綽，而後來，又不禁花，光印刷費，就得大幾十萬，遠遠超出了預算，至今印刷費還沒著落呢。錢書記已經批示，用明年請撥下的新款項，彌補前面的不足。

楊小萌是個有眼力勁兒的姑娘，她會搭梯子，她說：「大典的三校，我們部室都弄完了，如果哪個部門忙不開，再分給我們點兒，我們校。還有，孫館長您上次布置給我們的明年計劃，我們部室已謀劃好，總共有——一二三四五六……。」楊小萌字正腔圓地唸了起來，得有十多條吧，她唸得很舒緩，很有節奏，雖然聽了半天，讓人充耳不聞……。君生又開始走神兒了，她的手機不停地「嗡嗡嗡」，那是三姐在微信，要她語音——這個三姐太不長心了，大週一的，又是上午，單位總開會妳不知道哇？也難怪，已下崗二十年的她，哪裡能懂這些呢。君生一焦慮，眼前就霧霾一樣看不見了。三姐找她，尚可往後推，而二姐，二姐君琳那裡，她是無論如何都要走一遭了。君生看著楊小萌還在開合的嘴巴、孫副館飽滿氣足的臉，她心下納悶：都快十二點了，她們不餓嗎？是不是，她們每天也像我要吃安定一樣，都吃了亢奮的藥？不然，一個一個，怎麼都有這麼大的精神頭兒哇?!

2

噔噔噔，步行邁上五樓。建設廳的房子，臺階寬大，級層也高，當時身為法院公職人員的劉君琳，在反腐拍賣上，順帶低價拍了一套。居大房，住高堂，她曾經是處級女幹部。現在，她早退了，身體不好，頭暈，心情也不暢。她已不叫劉君琳了，而是法名如元。她信了佛。沒進門，君生就能聽見裡面的佛樂。輕敲幾下，二姐來開門。君琳，或如元，還是那麼愛美，居家的水粉色絨袍，讓她漂亮得像個新娘，怎麼都難跟比丘尼搭上關係。君生沒有叫姐，二姐幾次教育她，二姐的已經不妥當了，要叫她如元上師。君生開不了這個口，索性什麼也不叫。門口的兩隻大拖鞋，那是給送水工預備的。妹妹來，她也沒打算換上乾淨的。君生遲疑了一下，穿著襪子進到了裡面。

客廳的沙發，是果綠色的香妃榻，沙發下面，鋪著厚厚的瑜伽墊，那是如元用來打坐、晃海的。君生久坐辦公室，腰有疾，她坐不得沙發，只好席地。像在家裡一樣，又順手把襪子脫了下來。

如元伸手制止：「別，別，妳還是穿著吧，別有腳氣招上我。」

君生沒聽。二姐不疼人，自己的妹妹也不疼。如果是去她的家，君生給姐姐的待遇是拿出自己的拖鞋，另外還可以不換鞋地磚隨便踩，走了一擦便是。在這方面，三姐做得也不錯，只有二姐心硬。這樣的結果，是她在這個世界上，顯得有些孤零，連她的兒子，都不願常來登門。

早晨，如元在電話中說，她又夢見爸媽了，爸爸已經找了人家，在賣燒餅。而母親呢，則一直在地獄，旁邊還有油鍋。如元說她都給廟裡進過多少香錢了，也給大法師做了供養，超渡過幾回，可是母親，一直不得超生。

母親已經去世二十多年了，她還做這樣的夢，君生覺得母親和二姐，也許正如君琳所說，是幾世的冤家。不然，時間都過了這麼久，哪有女兒還這樣害怕母親的？當初，君琳離婚，又趕上母親去世，那時，她天天都給君生打電話，講述她的夢，她說只要關了燈，就能看到屋裡屋外，到處都是紅頭髮的小鬼兒，一個一個只有拇指高，桌上、牆上，蹦蹦跳跳，其中，還有母親……。君生覺得是離婚的事讓君琳的精神恍惚了。君琳還說：那些小鬼兒，妳是不敢惹她們的，如果不高興，會蹦上妳的胳膊，像小雞叼米一樣，鵮妳，啄妳，第二天妳全身都是青紫的，很疼……

那時的電話，君生一聽就是兩個多小時，手指都麻了，胳膊也疼。女人離婚的痛苦，誰又能幫上多少呢，只能像等待感冒一樣，任其發，任其癒。這樣過了幾年，慢慢地，君琳說她學佛了，佛讓她變得心寬、敞亮，日子也不那麼難過了，明白了今世來生，一切就想開了。現在，她不但身體好了，還有了功力，能驅鬼。那些紅頭髮小鬼兒，在她的法力下，都變成了善良的大鬼、好鬼，時常來幫她家幹活。比如某天，她去超市買洗衣粉，準備回來收拾衛生間，可是回到家，衛生間已被他們擦得乾乾淨淨。怕君生不信，還叫君生現場來看：所有的瓶瓶罐罐，都一字擺開，成行成趟。其中的一長柄刷子，君琳說直直地立在地當間，不倚不靠。如果不是神蹟，一柄刷子怎麼會立得住呢，它又不是齊頭的。兩人都試了幾次，那柄刷子確實戳不住。如元叮囑不要出去亂講，天機不可洩露。

君生覺得二姐的精神有問題了，小時候聽過的童話裡，田螺姑娘趁主人不在，從畫上下來，幹活，報恩，還愛慕這個家裡的男主人。而二姐說的這些大鬼、好鬼，他們是為哪般呢？

那時，君生自己的精神還健康，還有力量聽二姐說這些，聽也就聽了。而今早，大冷的天，不到五點，如元就微信，看君生沒反應，又打響了手機，君生接起，二姐為省錢，再轉戰到微信，用語音說，一直說到八點，君生該上班了還沒吃早飯……。如果不是一直在說母親，她也許會找個理由掛斷。她已經幾天都沒睡好了，她的生活，也出現了危機。二姐告訴她，為母親超渡，她給上師捐了供養。她知道君生比她愛媽媽，她描述母親在地獄受罪，君生不會不管。

「二姐，妳超渡咱媽共花了多少錢？」君生扯過她的手包。

「這個吧，不能光用錢來衡量，不是錢的事兒。」如元說。

「不是錢，還有什麼？」

「上師不是誰的供養都會收的，妳得有修為。」

「妳們又是上師又是大師的，還有什麼老法師，這些頭銜我都弄不懂。妳就說給媽做法事，共花了多少錢吧。」君生說著從包裡拿出一沓百元鈔，問：「這些，夠嗎？」

如元有點不好意思接，君生給她撂到了沙發上。

如元滿意，臉色就高興起來，她說：「四兒——」一高興了就叫妹妹的小名，「四兒，妳覺得姐這屋，是不是氣場特別祥和？有人說了，來過我家的人，尤其是進過佛堂的，半年都不生病，氣場好，佛保著呢。」

「嗯，挺好。」君生附和著。她今天來，主要是關心母親，雖然她不相信地獄，但她想探究竟。

「二姐，妳總說咱媽在地獄受苦，那妳跟她說話了嗎？她，還認識妳嗎？」

「人鬼不能說話。我能看見她，她看不見我。」

君生心涼二姐都不肯叫一聲母親，「她，她」的。當初，她把丈夫沒選好，自己離婚，都歸咎於母親。包括小時候母親偏疼一些君生，也還記恨著。

「咱媽現在長成了什麼樣兒？」君生真的想念母親，一別二十多年了，那時年輕，不知沒了母親意味著什麼，現在，尤其是現在，她知道孤單了。

「嗯，跟原來差不多吧，就是瘦點。」

「那，跟原來一樣，電影上怎麼都青面獠牙？」

「這個妳不懂，妳還慧根太淺。」如元停止了晃海。她五十多歲的身體，竟然還那麼柔軟，晃起來像個雞蛋殼。她兩手一支膝蓋站起來，實在不願意這個話題的繼續，她說：「走，我帶妳進裡屋看看，拜佛堂，沾沾仙氣。」

北面這間大屋子，已經完全改裝成了佛堂，香氣繚繞，佛像如人一般高。如元一一為她介紹，並摁下她的手指，讓她不要指著說話。君生想起，上次來，她這還有一些金光閃閃的大佛，怎麼都不見了？如元告訴她，給請出去了，送走了。為什麼呢？因為，看著是佛，長得也像佛，其實，他們不是，是魔。如元講了當年釋迦牟尼和邪魔鬥法，魔打不過他，就說：我今天收拾不了你，來世，我會讓我的徒子徒孫，都披上你們的袈紗，看誰鬥得過誰！——如元說佛祖聽完，淚都下來了。所以說，佛不是好修的，披著袈紗的魔，多得是啊。

君生又走神兒了，敢情這佛魔界，也跟人間一樣啊。小時候看過一部電影，《林海雪原》，八路和土匪，也是你中有我，我中有你，土匪冒充八路，八路被誤當土匪，老百姓是分辨不出來的。

原來這一套，在幾千年前的佛魔鬥法時代，也被他們用熟了。

香案上，有一個拳頭大的玻璃缽，裡面裝滿了小碎石，顏色混濁。君生奇怪，如元恭敬地捧起來，告訴她，這是舍利，大德高僧的舍利，是大師兄從西藏帶回來的，千金難買，價值高著呢。

君生縮了縮鼻翼——佛骨，不就是人的骨頭嗎？死人骨頭值錢？

如元生氣了，她不允許君生這樣嫌惡的表情。放下玻璃缽，她把君生領了出來，說她離參佛還遠著呢。她說：「我知道妳不信。前天，大師兄領我拜見了北山的一個老太太，活佛，八十多歲了，紅光滿面，頭髮一根都不白。以前得過腦血栓，現在，都能站起來了，走道蹭蹭的。這就是佛祖的加持！」

君生說：「我想，她要麼沒有八十歲，要麼，頭髮就是染的。」

「老太太已經開了天眼，她不但自己好了，還能給別人看病。現在，她完全可以決定自己的生死，想什麼時候走，坐著蓮花就去西天了……」

「裝神弄鬼吧。」君生平靜地說。

「劉君生，妳不許謗佛！」如元氣翻了臉。

3

「我不知道自己的生命將走向哪裡，但活著的日子，我絕不無聊。」——這句話閃電一樣擊中了君生的心。一個搖滾歌手，能說出這麼精闢的話，她好佩服這個美國人。君生的眼睛久久不離開那幾行字，一粒粒的漢字，成了她夜晚的精神療藥。

每當夜晚來臨，電視節目的粗淺浮鬧，觀眾的低廉傻笑，都讓君生覺得無聊。白天，單位的低效、無效，弄虛作假，那更是一種無聊。只有現在，靜下來，一個人，書的世界，看不見，又博大無邊，那個叫精神的東西，給她撐起了一片遼闊的天空，讓她的靈魂輕逸，棲息，安寧。她感謝偉大的文字，感謝上蒼賜給人類的文學、藝術，如果沒有這些，她是不是，也會和二姐、三姐一樣？這些好的文字，不但是療藥，也是她夜晚的燈火啊。沒有它們，她的世界也會徹底黑了。

其實，活著的意義究竟是什麼，她也已懶得問了。兄弟姐妹好幾個，沒一人關心這一問題，也都活得好好的。什麼偏偏是她跟自己過不去？「嗡兒」的一聲，有微信進來，是如元。她發來一段話：

叩拜，不是彎下身體，而是放下傲慢；
念佛，不是聲音、數目，而是清淨心情；
合掌，不是併攏雙手，而是恭敬萬有；
禪定，不是長坐不起，而是心外無物；
歡喜，不是顏面和樂，而是心境舒展；
布施，不是毫無保留，而是愛心分享；

信佛，不是學習知識，而是踐行無我……。

君生嘴角湧上一絲苦笑，又是踐行又是無我的，二姐這個佛，也跟單位那些假大空的領導一樣，聽著一套一套的，實際做起來總是離題太遠。二姐連高中都沒念完，攏共，也不認識多少字，那天書一樣的經文，她能認得多少？君生順手就把微信刪了，二姐來的這些順口溜，怎麼能跟「絕不無聊」相比？她剛想繼續，微信的視頻邀請響了起來，「噔愣噔愣」的，比電話鈴聲還響。是三姐，三姐找她。三姐找她從不論時間、地點，只要她閒了，就打響她的電話。如今微信方便，她便拿免費的微信語音，當話機使用了。

「老四，妳明天嘎哈（幹啥）？」

三姐的東北口音還是那麼重。

「我，我想休息一下。天天上班，可累了。」

「來我家唄。我給妳做飯。」

「三姐，不去了，到了週末，可想在家自己待會兒了。」

「自己待著有啥意思？來吧，把老薛也領著。」

「哦，老薛出差了。」君生順嘴撒謊，說老薛出差已經說了快一年了。

「那，他下週能回來不？下週你們來也行。」

君生心說：姐啊，妳這個花癡，犯病就別在我這犯了。男人、漢子、一個家庭的好丈夫，對我來說，也是奢侈品，我也沒有了。妳讓我上哪兒給妳帶老薛啊，我的世界還沒抓沒撓的呢。

「下週也去不了，都忙。」君生說，「三姐，妳的事呢，我想妳自己先找著，別坐等，妳這個年歲了，找工作確實不容易。如果有機會，我肯定幫妳想著。」

君蘭一再地找她，就是想讓她幫著安排份工作。君蘭下崗多年，跟社會都脫節了，她以為君生一個公家單位的人，就有市長的能耐。

「老四，我歲數大了，我安排不了，妳外甥，都畢業幾年了也沒工作，妳把他安排安排唄？」

「像妳一樣，風不吹、雨不淋的，公家的單位，上著班，多好哇。我看妳們頂多就是開開會。」君蘭又說。

君生說：「行，等我當了廳長、省長就安排他。或者，咱們家的祖墳上長了當廳長、省長的那棵蒿子，我一下安排你們倆。」君生這樣說著，自己都要笑了。不行，再這樣說話，精神真的撐不住。她勸自己，打住，打住，不能再笑，生活中，常常笑完就是哭。

君蘭聽出了諷刺，她不在乎。她說：「我知道跟妳說也白說，白說也得說，萬一，祖墳上那棵蒿子冒出來呢！能幫妳姐，妳還能看著不管嗎？」這樣說著，突然想起了大姐的事，說：「老四，下個月，大姐要給姐夫擺什麼壽慶，明擺著，是跟大夥收錢嘛。妳說大姐，她咋那麼傻，總劃拉娘家的。姐夫過生日，她應該通知老汪家的人啊，憑什麼，讓咱們娘家人去給湊這個份子呢。大姐太缺心眼兒了，不怪大家都煩她，白活！」

「是，人家都照顧娘家，她可好，專往婆家劃拉。愚。」君生附和。

「妳要說她老腦筋吧，可是人家大嫂、二嫂，比她歲數還大呢，妳看人家，明裡、暗裡，護著自己的弟弟妹妹，使喚著丈夫掙錢。幫娘家侄子又上大學又買房的，咱哥還都挺樂呵。」

「是，缺心眼兒的都讓咱家趕上了。」君生說。

「人家對弟弟妹妹好，弟弟妹妹也都怕她。妳看咱大姐，在婆家受了一輩子的氣，娘家也沒落好兒，誰都不拿她當大姐！」君蘭接著批判。

「是，誰讓她胳膊肘總往外拐呢。」

「大姐這輩子啊，就認錢！不怪老二說她是窮鬼托生的。」

老二說的是君琳。

「以後她再搞這個，咱們誰也不去！曬著她。她自己不識數兒，還拿咱們跟著她一塊墊背，天下沒見過這麼傻的。」君蘭倡議。

「嗯，行，對。不慣著她。」君生附議。

4

如果說前兩個微信，對君生的今晚閱讀還無大礙，那麼第三個，第三個微信進來，君生就知道今天晚上完了，書讀不成了。「絕不無聊」這樣的話，也無法將她穩住。情緒大壞——微信上又是一段順口溜，什麼捨得，捨得之類。那麼淺薄無滋無味的雞湯，也好意思端。更要命的是端完這個，給她噁心得要命，又嚇她一下，雞湯後面，是跟著借錢。一個老男人，告訴她，有困難了，借點錢。多不嫌多，少不嫌少。什麼困難呢？原來，他要跟老婆離婚，他得付老婆一半的房子錢，還有孩子未來的撫養費。

這和我有什麼關係嗎？

傻比洛夫斯基，聽著像外國人的名字，這是當初侄子給他起的。他的本名叫趙建國。認識薛漢風之前，有人介紹了趙建國，和他一共見了三次面，不，準確地說是兩次。第一面有介紹人，三個人說了幾句話，都有事，就散了。第二次，君生覺得他也許是個好人，但做丈夫實在乏味，就不打算見了。第三次，趙建國遍尋她不得，竟跑到她的哥哥家，大夏天裡，家家戶戶都開著窗戶，趙建國站在樓下，對著那個猜想的五樓窗口，大聲喊：「君——生，君——生——，劉君生——」，全樓的人都在此起彼伏，伸頭探脖了。嫂子臊得不行，說這人怎麼這樣啊。侄子是工人，發表意見簡單，他說這就是個傻比，傻比洛夫斯基。

後來的日子，各自都結婚了。君生找了薛漢風，洛夫娶了別人。因為洛夫下班的路上路過君生家的社區，兩人經常見面，倒比從前熟絡。有一次，君生女兒放學，沒帶鑰匙，冬天在樓下站著，洛夫看到了，陪她站了好一會兒，還給她買了小吃。君生對他有了感激，甚至親人般的感情。

感情讓兩個人互訴了衷腸，洛夫那時已有小孩了，他說妻子脾氣大，老姑娘處處要橫欺負他，日子不好過。君生呢，緲緲的，也說了些老薛在外邊的拈花惹草。她沒說的是，嫌老實人乏味，現在不乏味的又不讓人省心。

兩人的交往也就僅此，吃過兩頓飯，手都沒碰一下。那時，洛夫表達過後悔沒有跟君生成一家人，君生呢，雖然薛漢風也不如意，可她始終沒有和洛夫成一家人的願望。現在，他遇到困難了，還是這種困難，要離婚，得付給老婆一筆錢，這錢來跟君生開口借，君生愣怔了半天，像聽不懂一樣，半天看著空氣。無親無顧，不該不欠，你要離婚，卻來找我借錢。我是你媽嗎？

君生把電話掛斷了。

這世道，真是快把人逼瘋了。

放下書，她看了一會兒天花板，慢慢坐起，該吃藥了。

餐桌邊，擺著水杯、藥盒。君生坐下來，心裡難受，精神這麼痛，吃藥管什麼用呢？什麼藥，能治得了精神、感情，和心靈？窗外，是比白天還漂亮的遠方高架橋，橋上的燈火像串串水晶珠鍊，非常非常好看。那些人所追求的天國，就是這番景象吧？又迷離，又夢幻。

「來士普」，學名「草酸艾司西酞普蘭片」，是治療抑鬱症的。多麼精緻的一小條，不像藥，倒像高級香煙。自從薛老師成了薛主任，劉君生，就開始需要它了。三個月，半年，斷續地，身體發胖，頭髮狂掉，她的心情，一點都沒見好啊。漸漸地，她對醫生也有了懷疑，看著對面同樣虛胖浮腫著眼睛的女醫生，她想，說不定，她的家庭也和我一樣。中年女人，有幾個不受命運的二次考驗？如元、君蘭、女友小周，什麼藥，能治得了大家的心痛？命運這隻大腳、巨輪，又豈是幾粒藥可以阻擋的？君生把藥盒搪在玻璃杯口上，像觀察一件藝術品，平行著，盯視它，久久地看。心裡問：薛漢風，你此時又在哪兒呢？

四季撈，不土不洋的名字，剛開業時，大家都不知道它是幹什麼的。現在，這裡每天都熱氣騰騰，包括夏天。其實，就是很好吃的一種火鍋。

薛漢風正坐在絲絨沙發上，對面，是小周。透過小周再往前望，隔著珠簾，是幾個翹腿彈琵琶的年輕女子。她們美腿修長、誘人，食客在享受美食的同時，眼睛和耳朵也都愉快。老薛的臉被熱氣熏紅了，洋溢著幸福、快樂。小周說：「薛老師，我再敬你一杯，我先乾為敬。」說著，小周把一整杯的白酒，都乾了，乾掉自己的，並不催促老薛也要乾掉，她告訴他可以少喝一點，意思一下就行。這份疼愛、敬愛，讓老薛很滋潤、很受用。劉君生就從來不會這樣。

「以後，不用再叫我老師，叫老薛就行。」薛主任給小周夾了一筷子肉，投桃報李，讓她「吃，吃，多吃。」小周也幸福，她攪動著鍋裡瞬間沸騰的羊肉，說：「別，這麼多我吃不了。」說著，又把煮好的，夾回到老薛盤子裡，說自己吃不下這麼多。這份溫良恭儉，又讓老薛感慨，劉君生那娘們兒，就沒這份賢慧。說不定，看老薛鍋裡的肉好了，她先掏一筷子呢。

老婆是別人的好。薛漢風想到了這句民諺。

小周小劉，君生她們二十年前就認識了，那時都年輕，互相這樣叫了很多年。現在，人到中年，也沒改。身為女性，如果互叫老周、老劉的，那也太不自尊了。小周臉都紅了，她說：「咱倆吃飯，要是讓小劉看見，得生氣呢。」

「沒事。我跟她已沒什麼關係了。」老薛說。

「你們辦手續了？」

「手續還沒辦，但誰也不管誰，一年多了，等同於離婚。」

「其實，我跟你在一起，小劉別誤會就行，我只是想請你指點指點。」

「是，妳的東西寫得不錯，好好寫吧，以後有活動，我會叫著妳。」

「謝謝薛主任！我再敬一杯。」小周又把整杯酒乾了。

小周和君生，都曾經是文學青年，現在，她們成了文學婦女。她們的本職，都不是文學，小周是文物局的資料員，閒著的時候，寫起了小說，長篇一部接著一部。有些名頭，只是還不大響亮。小周像所有的文學愛好者一樣，希望得到官方的認可，眼前的老薛，就代表著官方，他在大學裡負責文學的組織工作。那些響亮的會、隆重的會、有吃有喝又熱鬧的會，叫上你，你似乎才有面子，才算文學中人。這一年多，小周和老薛的關係走得比君生都近，見見面，聽老薛訴訴衷腸，小周願意擔當。

老薛：「我不是沒給她機會，可是她，太不像話。」

小周停止了咀嚼，認真聽課一般。

老薛：「我媽都砸屋裡了，跟她說，她還笑。」

小周：「哦，那是不應該。」

老薛：「不但笑，還問我，你們家的房子紙糊的呀？不刮龍捲風也沒地震的，你家房子咋說塌就塌了？你爸幹啥的，一個大老爺們兒，讓你媽砸屋裡，你們這是什麼人家嘛。——看，她不但看笑話，還罵我們家。」

小周面有難色，她婆家也是農村的，她跟老于，也經常因為這些事打架。她婆婆經常以房壞了、屋漏了，等等，跟他們要錢。農村的情形她熟悉，如果房子總是又漏又塌的，那是非常懶散的人家。

老薛：「她就是看不起農村人，嫌我們家窮，幾年了，都不去一次！」

小周：「那是不應該，咋也得給男人點面子。」

老薛：「還總拿我跟別人比，嫌我這嫌我那。吃點肥肉說我屯子。吃個鴨血，她說那是下水道接出來的。臭娘們兒事賊多！」

長期的薰陶老薛也是一口東北話了。他覺得東北話趕勁、解氣。

小周給他夾了點菜，讓他邊吃邊說。

老薛：「還嫌我不上進，總拿那些名家來和我比。說我還中文系的呢，一點都不熱愛寫作。當個小破官兒，天天腆個肚兒就知道吃，吃，開會。」老薛端起酒杯一飲而盡，說：「天天看不上我，這回，不和她過了，看她傻不傻眼。」

小周搶過杯，說：「別喝了，心情不好喝酒該醉了。」然後，沿著他的話碴，安慰道：「你都是大學者了，還要怎麼上進呢？我家老于要是這樣，我得高興死。結婚二十多年，他一本書都沒看過。哪像你，天天看書！」

老薛晃著頭，說：「我沒成果，懶惰，不著書立說。」

「一個大學者，還用得著著書立說嗎？孔子述而不作，弟子三千。那份功德，是寫幾篇文章能比的嗎？」

這個馬屁拍得妙入心坎兒，老薛舒服極了。比作孔子，雖然略有些高，但老薛也含糊受用了。好聽話總是比逆耳的要身心康泰。他慢慢地倚向了後背，瞇起了眼。瞇著眼的氤氳中，他發現會說話的女人絕對是可愛的……。美好的夜晚總是過得很快，可對君生來說，今夜，卻如此漫長。

5

薛漢風是從什麼時候起，嘴臉一變，讓她陌生起來了呢？

老薛還是小薛時，沒什麼社交活動，天天下班，他像吃奶的孩子撲向媽媽，到點就早回家。那時，日子簡單、貧窮，兩個人一起做飯，一起吃飯，然後，又一起看書，一起睡覺。有時看書累了，他們還一起下樓，一起散散步。社區密集的人群散去，夜空顯得高而闊，偶爾，還有月亮。劉君生會講她們單位的笑話，孫副館如何受氣，錢書記怎麼專橫，鄭館長走鋼絲一樣找平衡……，項目錢款，分贓不均……。一家人嘛，什麼都不避，君生是那種掏心掏肺的性格。老薛並不順著她說，毫不客氣批判：「妳們就是一群沒文化的老娘們兒，加上書記二百五，一個當兵的棍子，能搞出什麼名堂！」

君生不示弱：「你們不是二百五，你們人精，你們都精成了猴兒！一個大學，妖魔鬼怪，天天鬥法啊。道高一尺魔高一丈的，你們是閻王在世。」

「傻娘們兒，妳也就是在家裡說說，外邊，管好妳的嘴，別那麼欠。」又說：「多虧妳是女的，妳要是男的，嘴這麼欠，早讓人揍扁了。」

「你揍你揍，你揍我個試試——」君生抓住老薛的肩，叫板逞能。老薛當然不會揍她，她對著老薛那壯碩的雙肩又摟又搬又折的，夜晚的廣場，也沒什麼人，她把老薛摁蹲下，自己坐上去。老薛如果心情好，就慢慢站起來；如果心情沒那麼順暢，就猛地一起，摔她個馬趴。她不善罷甘休，再次去撲，老薛就跑，她追，一圈一圈，賽跑一樣，跑累了，也追累了，像撒了一通歡兒，身心俱泰，回家睡覺。那時，她從不失眠。

好日子沒過多久，他們不是原配，薛漢風離婚，兒子隨母親；君生呢，是女兒，斷續地住校。兩個孩子短暫地相聚，針尖麥芒。錢的問題，無盡無休的錢的問題，又考驗著他們的關係。那時，君生想，怎麼能多掙一些錢呢，為此，她就開始趴到電腦上，苦熬心靈雞湯——這類東西，發表快又來錢，那些沒文化的家庭婦女，是自費訂閱的龐大群體。淺薄的雜誌印數高、銷量好，小稿單雪片一樣飛來。君生很累，內心很撕裂，她瞧不上自己這麼幹，因為那並不是她真實的世界觀。她覺得自己這樣精神背叛，比肉體直接販賣也沒差太多。這種時候，她就更生薛漢風的氣；薛漢風也趴在電腦上，但他是打遊戲。有一天，她突然撲到他電腦前，老薛關頁面不及，原來，他在種菜，還給一個胖女人獻花。君生痛斥他：「混，混，你兒子將來買房、娶媳婦都要錢，看你混到哪天！」

讓她沒想到的是，人家老薛混著混著，竟混成了副處級，進而，正處，成薛主任了。真是世無英雄，小子們都成了處級幹部啊。

成了薛主任，老薛的日子就忙了，幾乎，一週都不回家吃幾頓飯。白天上班，也不斷地有客人拜訪。晚上回家，從前一聲不響的手機，現在，「鈴」個不停。電話裡多是文學愛好者，她們叫他「薛老師」、「薛主任」，都挺會嘮的，馬屁水準一點不比小周的低，半小時的電話讓老薛腦門兒鋥亮，鼻尖，也溢著幸福的汗珠。整個晚上，都回不過神兒。君生約他下樓活動活動、散散步，可是，再也不是從前了——老薛忙，他要準備明天的報告、後天的研討、大後天的出門、大大後天的開會……

短短半年時間，老薛胖得腰比肩膀寬了，臉上那個瘦削的鼻樑，也漸漸和臉蛋齊平。同學會、老鄉會，開會吃飯，吃飯開會，老薛不回家的日子，越來越多了。

君生再次把臉看向了窗外。當初，她不滿意趙建國，同樣，和薛漢風見了兩面，也沒打算納他為夫啊。老薛當時光棍一條，連基本的安居之所都沒有，她是喝了什麼迷魂湯，允許他搬進了她的家呢？那時，薛漢風還梳著長髮，三七式，他喜歡談詩，談理想，談到興處，長髮刷地一甩。更打動她的，是他的一手鋼筆字，寫得比字帖還漂亮。在電腦已普及的時代，他給她寫了一封封情書。劉君生把所有的信，都一封封展平，攞好，夾到日記本裡。那個日記本，還夾著父親生前的一些信。靜下來，她喜歡慢慢讀，每讀一遍，都眼淚汪汪。當初寫下這些信的人，現在，已鐵石心腸。

張愛玲有過一段著名的話：「女人上了男人的當，該死；而女人拿當讓男人上，那更是淫婦；如果一個女人想給男人當上而又失敗了，反而上了人家的當，那是雙料的淫惡，殺了都嫌汙了刀。」君生此時，算雙料還是單料的該死貨呢？二十多層的高樓，望向外面，是謎一樣的宇宙、星河……，那裡，一定比人間好過吧？如果縱身一躍，會怎樣？這個疼痛的生命，會不會，從此一勞永逸？

——這是君生近來常常思考的問題。

6

老薛控訴她不孝敬爹娘，其實，在他們家，誰又疼愛誰呢？第一次去他家，一張破舊的八仙桌子，他爹坐上首，嘴裡飛著瓜籽殼。老薛坐另一側，跟他爹一樣，也是一小把一小把，瓜籽皮吐得歡。開瓣的瓜籽殼，雪花一樣飄了一地，他娘持著掃帚，撅腰瓦腚，掃了一茬又一茬。他姐、他妹，都像沒事人一樣，逗孩子的逗孩子，吃東西的吃東西，沒有一個人接過她娘的掃把。在君生家，這樣的事是斷不會發生的，君生的母親無論什麼時候幹活，只要她們在，都會讓母親歇歇，自己來幹。而兄弟們，更不會老爺子一樣泰然地坐著，由母親來掃他們吐出的瓜籽皮。

到了吃飯，還是那張八仙桌，他爹紋絲不動，屁股像長在了椅子上，筷子、酒壺，所有，都是由他母親一樣一樣，遞到他手上。一遞一接，熟練得很。一盆燉雞，始終放在他爹的眼皮底下，他的筷子發給誰一塊，誰才吃。不發的，沒有敢伸過去的。炒雞蛋，也似是只供他下酒，另兩個看不出顏色的剩菜，才是君生等女眷的。他爹可能考慮到君生是第一次來家吧，竟夾了一大塊雞肉，賜到她的碗裡。君生不吃來路不明的雞，她把那塊肉又夾到了老薛的碗裡。老薛的母親以為君生賢良，有肉讓著男人吃，還露出了滿意的笑。

飯畢，才弄清他們家的廚房，就是屋外搭的一個泥棚子，土灶壘的大鍋臺，鍋裡煮著準備給狗吃的食。剛才人食，像是也從這鍋煮出。老薛的母親可能桌上沒吃飽，胖胖的身體壓著一個小杌凳，就著灶臺邊吃饅頭和鹹菜。君生勸她進屋去吃吧，她說這樣習慣了，這樣得勁兒。

後來和老薛吵嘴時，他娘的家庭地位問題，成了君生的把柄：「又不是舊社會，也不是地主家，你看你媽，他們就沒拿她當人，當老媽子、傭人！連你爹都不疼她！」

「我爹那叫權威，我娘樂意。」老薛反駁。

「你娘就是受氣的命。你姐、你妹也不疼她，白養。」

「我娘那是疼孩子，她就願意多幹點，讓孩子歇一會兒，這是慈祥。」

「那，咋對我就不慈祥了呢？掃把到了我手上，她恨不得長到我胳膊上，再也別離開才好。累死我都不怕。」

「我娘那是對妳的訓練，希望妳賢淑。免費教導妳。」老薛鐵嘴鋼牙。

「跟她一樣當牛做馬，就是賢淑了？」君生冷笑著。

「別愚弄老娘了！」又冷哼出一句。

日子的割裂，是從老薛領回兒子開始的。跟著他媽媽長大的兒子，突然到了君生這裡，彼此都不適。君生也沒裝成慈母，她對女兒怎麼樣，就對他怎麼樣。老薛是不滿意的。然後，突然有一天，老薛在電話裡報告說，他老家的房子塌了，他娘砸在裡面。

君生當時確實沒有著急，因為接下來聽說堅強的他娘撲嚕撲嚕起來了，沒事。她不但沒著急，還笑了，笑話他爹不過日子，說那房子又不是紙糊的，一個大老爺們，怎麼能讓住著的房子說塌就塌呢？哪是過日子的人家！

老薛就是從這天，一遍遍向她說，搬出去，搬出去住。搬出去，不就是離婚嗎？君生猜測，他家的房子也許未必如他所說，真塌了，也許只是歪了一點，或者哪裡漏了。他以房子為藉口，是希望君生主動提錢，拿出錢來，給他。君生知道，即使她給了他錢，讓他回老家修房，老薛也不會專款專用，他真正的心思，是在兒子身上。每弄到一分錢，他都攢給了兒子。君生恨他道：「你孝敬你兒子，可比孝敬你爹孝敬多了。你們這種不愛老，只溺小，是不好的。」

接下來，老薛住辦公室，電磁爐煮麵條，一頓飯；一瓶白酒，一袋花生米，一頓飯；飯店打包拿回兩個菜，一瓶上好的酒，慢慢喝一通，又是一頓好飯。君生在他身上，看到了他父親的影子——多麼不走樣的傳承啊！他爹嫌他娘廚藝不好，時常自己動手，炒一盤硬菜，自享；和他娘雖是夫妻，並不同居一室，他住大屋，有陽光的地方。她娘是廂房，小偏廈。他們好像整日也不說一句話，女人似只是一塊會幹活的木頭、移動的石頭。君生還猜想，他們年輕時，也這樣嗎？還是到了中年，才這樣麻木、無情？他們有過年輕、熱戀嗎？君生見過一些老年的夫婦，他們相攜相伴，城裡、農村都有。幸福的人生確實不分種族，不幸的日子倒是沒有太多不一樣。對生活冷酷，對女人無情，這跟讀不讀書有關係嗎？當初君生迷戀老薛飽讀詩書、一手好字，現在，他對生活的表現、行為，跟他爹比，又是多麼地相似啊。遺傳基因，在他身上開花結果了。

藉著微弱的光，君生看了一眼牆上的錶，十二點都過了。一會兒，就是兩點，三點，直至天大亮。再然後，就是白天像黑夜，無盡的睏倦。「草酸艾司西酞普蘭片」，也解決不了這悲傷的夜晚。

7

君蘭的身子越來越歪，歪，歪，幾乎歪到了男人的懷裡。煙霧中，誰也看不清誰了，可是對面卡座上的女人，她睜大了眼睛瞧這邊，瞧得眼睛冒煙兒，這怒火又和煙霧混在一起，分分鐘要爆炸。沉浸在酒精中的君蘭，並沒意識到危險的來臨，她還陶醉在許久未曾體驗的，花癡般的快樂當中。

身邊的男人，精瘦，黃臉，高鼻樑突兀得像鷹，小眼睛也是鷹般溜溜轉，這樣的男人是典型的淫貨，淫起來沒夠那種。他知道對面的女人生氣了，可他享受女人的爭風吃醋。他只是個下崗的司機，這兩個女人也是下崗的，無業的他們，麻將成了日常。今天麻將桌上沒盡興，幾個人又轉戰到了小酒館，路邊的小酒館喝啤酒不要錢，她們上來就把自己灌醉了。

君蘭管鷹鼻男人叫劉哥，劉哥俯下臉，酒氣噴著君蘭，一句一句地叫妹妹。哥哥妹妹，拙劣的表演一般。因為他們這樣，對面的女人都氣得不喝酒了，只抽煙，煙霧像著了火。她密切地注視著君蘭的一舉一動，尤其是越來越歪的身子。昨天她跟劉哥單獨喝，也是這樣，哥哥妹妹的；今天，劉哥又跟君蘭這樣了。女人五十多年紀，賣茶葉的小販。君蘭覺得她有丈夫，劉哥又不是她的男人，她有什麼好不高興的呢？所以，她和劉哥喝得放心大膽，幾乎要坐到了劉哥的腿上。而劉哥那隻胳膊呢，看似環著後面的靠背，實則，幾乎就是摟著她。他們都忘乎所以了，也許是酒精麻醉的，說著，喝著，竟又交起了杯，交杯酒。抽煙的女人，實在怒不可遏了，她蹭地跳過桌子，拔蘿蔔一樣，抓著君蘭的頭髮就薅起來……

君生接到君蘭電話，她又是在單位開會。這一次君蘭沒有用微信，而是一遍遍地打，當她打響第三遍的時候，君生就知道是有事了。她接起來，君蘭說：「老四，快來吧，姐要被他們打死了。」

君蘭的臉，老得像君生的媽，實際上，她們也只差了三幾歲。是長期的麻將生涯，晝伏夜出的酒精生活，讓君蘭這麼憔悴衰老的。君蘭的左額頭，纏著紗布，那是一塊瘀腫縫過的頭皮。在和那個女人撕打時，她還被砸了一酒杯，當時就流血了。頭也昏了。現在，人醒了，可是她不願意睜開眼睛。

太瘦小了，如果君蘭再把頭縮進被窩，一定沒有人懷疑這被子裡有人。當初，就是因為她長得瘦小，到了上學的年齡，由不夠年齡的君生陪著，一起上；父親退休時，又是不夠年齡的君生，替他頂職接了班。然後，書讀得最多，念過大學的君蘭，畢業後分到了國營工廠，過了幾年好日子。那時的電視機廠，電視機供不應求，人們要買電視，得憑票。君蘭生了孩子那年，電視機廠就被外方合資了，合資後的資本家，不但不要原來的那班領導、幹部，連他們最能幹的工人，也統統，下崗，回家。資本家說國企的這些人，習慣不好，混日子，磨洋工，寧可給他們一筆錢，買斷，也絕不讓他們的壞習氣，汙染了接下來的工廠。

君蘭下崗後，也曾自謀職業，和她丈夫，一起開了家複印店。那時電腦還沒普及，複印店的生意一度紅火。可是，當她們用那買斷工齡的錢，租下房屋，置下設備，準備好好大幹一場的時候，政府清理環境，市容綠化，把門店給拆了……。挫折過後，君蘭再也沒找到過一份正經工作。

捱日子、混日子，成了她的生活。

君生說：「三姐，我都說過妳多少回了，別再跟那些人渣混在一起，混來混去，就是倒楣。妳就是不聽。咱媽當初讓妳念了那麼多的書，白念了。」

「我心裡難受，難受！」君蘭蒙著被子，說。

「難受就可以胡作非為嗎？難受就糟蹋自己？在這個難受的世道，誰又不難受？」君生非常想告訴君蘭，剛才，她正在開會，開會的時候，她都想高唱，發瘋。她還想告訴她，自己每晚，要靠藥撐著。而那萊什麼普，跟毒藥也差不多。她還想告訴她，君琳，是在用佛經度日。女友小周，用文學，寫作，抵拒傷痛。就是那些看著光鮮的強梁、能人，比如單位的趙錢孫李，館長、書記，他們每一個，那份鬥爭掙扎，那份處心積慮，又有多少好活？剛才路上還接了一個老薛的電話，老薛在電話中沒事人一樣，說他的一件什麼什麼東西，落在家裡了，問她見到沒有。那一刻，她都心如刀絞，迎面去撞汽車的心都有。可是，她沒撞，她硬挺著，打車來到了醫院，陪姐姐，到一直把她陪到家。她非常非常想說：妳是姐姐，妳難受就對這個世界胡作非為。我難受，我連跟妳說的勇氣都沒有。因為，跟妳說了，妳也不會懂。妳的世界，只有麻將、錢、男人。多餘的，妳考慮起來嫌累，當然，也懶得想那麼多。

君生長長地嘆了一口氣，在腹內。她想說：姐呀，我心裡都這麼難受了，也沒有破罐破摔。可是妳看妳，日子不如意，都這把年紀了，還千里淫奔。

像是聽到了她的心聲，君蘭睜了一下眼，又閉上了。她也知道，自己這個當姐的，不配。在妹妹面前，羞愧。咦，不對，君生的臉，也像是遭霜打了，她病了？再次睜開眼睛，沒錯，君生的臉整個小了一圈，以前的圓臉，現在，都變長了，眼睛，也失了光澤。這時，君生手機響，她接起來，是老薛。

薛漢風問她在哪兒，剛才話沒說完為什麼掛斷了？

君生沒好氣地說：「你今天找不到，就會死嗎？」

老薛那邊沒接話。

君蘭勸道：「老四，話要好好說，人家老薛，脾氣多好哇。」

「是好，不但脾氣好，笑容也好，殺妳都是笑著的。」

那邊薛漢風說：「妳是不是有什麼事啦？剛才打電話，我聽妳心急火燎的。」

「別貓哭耗子啦！」君生又掛斷了電話。

有那麼一刻，君生一陣目眩，這是老薛搬走以後，她做下的病。一焦慮，眼前的空氣就像霧霾了，什麼也看不清，看不見。

君蘭坐起，伸手拉住君生，說：「老四，來，坐這。我看妳好像也病了？妳哪兒不舒服？」她拍拍床邊，說：「躺下，躺一會兒，就好了。」

君生眼淚快下來了，母親去世後，這樣跟她說話、這樣拉她胳膊的人，已經沒有了。現在，君蘭雖然不成器，這樣讓人生氣，可是她對她的愛，是原始的，沒變的。姐姐對妹妹的感情，在這個世界上，真摯，不假。

君生拉過被子，也蒙上頭，她得歇一會兒，喘口氣。

上帝造完男人，為什麼又造了女人？還說她是他的骨中骨，肉中肉。這多年來，放眼我們的生活，她們是骨中骨、肉中肉嗎？分明，一塊一塊，變成了石頭、木頭。哪個人，願意身體裡有石頭、木頭？男人就像拋擲石頭、木頭一樣，把她們一塊塊，摘出，撂到一邊了。捏出的女人，是不是為了給人類解悶兒？所有的愛與痛、傷與悔，都與男女有關，交織不清。是上帝怕人類太單調、太無聊，才有如此的設計？君琳因為感情，精神破碎，信了佛。而君蘭，看似家庭完整，實則，丈夫成了家裡的石頭，會移動的石頭。他們有二十年沒有夫妻生活了吧？所以君蘭才去打麻將，找劉哥喝酒。尤其，當她有了難，遭了殃，她不找丈夫，不找兒子，而是，把電話打給了君生。讓她來救她。她這個有家庭的女人，跟沒家的君生，又有多少分別？

君生有些後悔，如果昨天，她答應三姐，和她見一面，在一起嘮嘮，也許，就沒有今天這一遭了。可是，都這個年齡了，每個人都得過自己的生活，她管得了她一天，又怎管得了她一輩子？再說了，自己這越來越重的抑鬱、厭世，誰又來拯救呢？

手機又響，君生拿起來，是老薛微信。他說如果有什麼需要，可以打他電話。他隨時會幫忙。怪了，現在分手了，兩人不是夫妻，倒客氣了，朋友一樣仁義。君生還是生氣，認為他是假仁假義，沒理，隨手就把信息刪了。

君蘭知道是老薛打來的，問她：「妳昨天不是說，老薛出差了嗎？」

沒必要瞞了，總這樣騙著，也沒什麼意思。父母早都沒了，兄弟姐妹，看似一大幫，可是，誰又不是自己忙著自己的生活？你離不離、幸福不幸福，誰又替得了多少？怕看笑話，不笑話又能怎樣？所有的日子，最後還不是自己扛？演戲能當日子過？君生說：「三姐，我和老薛都分開一年多了，沒告訴你們。」

三姐睜大了眼睛，她說：「老薛多好的人啊，不抽煙、不打牌的，還有工作。現在都當上主任了吧？這樣的日子還不過，真是把妳燒的。」

君生苦笑了，同為姐妹，她們的三觀實在是太不同了。

不想順著自己的糗事說，君生勸她道：「三姐，其實妳即便是不工作，好好在家待著，當一個良家婦女，別和那些壞人、人渣，湊一起，過一個正經人的日子，也比現在強。」

「就算妳不為了自己，也該為強子考慮考慮，他都那麼大了，如果在外面聽人家說他有個天天打麻將的媽，誰願給她當媳婦。別說找工作，找媳婦都難。」

「找不著拉倒！」君蘭蹭地坐起來，「不說他，我還不生氣，那麼大個小子了，天天玩遊戲。

大學也供了，學費也拿了，白扯！嫌我丟人，我還嫌他不爭氣呢！」

又說：「找了媳婦又怎樣？像他那死爹，誰找誰倒楣！」君蘭咕咚一下又躺下了。

這是把對丈夫的氣，轉嫁到兒子頭上了。君生沒什麼話說了，三姐的婚姻，在外人看來非常平和幸福的，鄰居們從未聽過他們家的爭吵，丈夫之於她，就是一條影子。自從生下兒子，他們的身體，有多久沒碰到一起了？君蘭都不記得丈夫床上的模樣。精神上，也沒什麼交流，吃飯，是各自默默地吃，電視，一個看，另一個就不看。開始時，君蘭還試圖努力過，想溝通一下自己哪裡不好，這一切，都是為什麼？但是，丈夫如同一根木頭，不給她答案。時間久了，君蘭終於由一個細聲細氣的女人，變成現在這樣通了電似的大嗓門了。脾氣爆，緩解不了花癡。打麻將，聞煙味、人的汗泥味，什麼味兒，都比家裡這死人味強。

靜了有那麼一會兒，君生看到，君蘭的兩邊眼角，泌出兩行淚……

8

秋天的教堂，像一處鄉村小學校，恬靜，安寧。院內，還是沙土路，小雨過後，能聞到濕潤的泥土氣息。現在，君生經常來這裡走走，走在這個院落，她常常恍惚，像走在了從前的家鄉小學。那時，他們的小學操場，也是沙土地面，雨水過後，空氣中那份清新，好聞的味，讓他們久久地吸著鼻子。在這個長年乾旱霧霾的城市，有這樣一個去處，君生像發現了她生命的新大陸。

再也不用苦苦地等著一個人回來，再也不用因為一個男人，而悲喜自己的生活。一個人的世界，雖然曠大，可那份自由、輕逸，又是他人所不能體味的。曾經有一句話是怎麼說了？「無產階級砸碎的是鎖鏈，獲得的是全世界。」現在，走在陽光下，微風裡，君生覺得自己的生命就是一粒塵埃，無邊的塵世，是塵埃的海洋，不痛，不欲，不悲，不喜，生命原本屬於大自然。

她每一次來，都先看一會兒尖頂的教堂，半空中那個張臂受難的耶穌，他是那麼無奈，又是那麼安詳，安詳痛苦。她還想，曾經的那些傳教士，三百年前，他們漂洋過海，歷經風高浪急，隨時船翻。有的沒等到地方，就葬身魚腹。漫長的東方、西方，要漂流三五年。他們本是貴族，有著優渥的生活，可是為了傳播上帝的福音，他們到中國最偏遠的山區、最破舊的農村，用自己的資財，建學校，蓋醫院，讓上不起學的孩子學知識，幫痲瘋病者醫病……，還遭受當地無賴們的毒打、欺凌。所有這些，如果不是出於信仰，出於對上帝，天父的愛，他們憑什麼？圖什麼？尤其是那個叫利瑪竇的男人，窮其一生，把音樂、天文、地理、醫學、出版等，都帶給了蒙昧的中國。在他短短五十餘年的生命中，他所踐行、做出的一切，真的就像上帝化身在人間啊。

看久了，君生的內心竟有了一些變化，是什麼呢？哦，是一種溫良，一種悲憫——對，就是平和的溫良，深切的悲憫，對自己，對萬物。

秋日的微風，自有一股清爽，輕輕拂過，送來一陣果香。小教堂後面是成片的葡萄園，纍纍的碩果沉墜著。君生拿出一沓報紙，鋪下來，坐到一泓小池塘邊，看天空，看池中的金鯉。水中映出倒影，一個細高的小夥子，走來。他是這裡的神甫，剛剛二十九歲。小神甫跟她探討過，他要做一個利瑪竇那樣的偉大傳教士。這個小神甫連高中都沒念完，是下邊的農村的，離開老家，到這裡上神學院，在神學院讀了很多書。陽光下，他黑黑的臉膛，笑容那麼真摯，眼神，像兩簇熱情的火苗。他像問候家人一樣，對君生說：「來了。」就陪坐在她身邊，和她一起看葡萄園，看池中的水。

神甫是不結婚的，修女也是。這是君生來了幾次之後，才知道的。第一次的跪、禱告，就是小神甫幫助她完成的。唸祈禱詞，她近於鸚鵡，神甫說一句，她跟一句。其實，那時她自己想說的是，萬能的上帝啊，求求祢，幫幫我吧，讓我的心，別再這麼疼，讓我的生活，別再這麼糟糕。

神甫說上帝知道每個人的心事，君生不信，她說如果他都知道，為什麼有那麼多人受苦？

他不是萬能的上帝嗎？

小神甫告訴她上帝不萬能，上帝跟人類一樣，也有悲喜。上帝所能給世人的，僅僅是愛。愛。

他的愛在哪裡？我怎麼感覺不到？

那是妳的心塞滿土，光照不進去。

咦，小神甫還挺哲的呢。

第一次跪在教堂，跪下，君生跪得並不情願。這個跪的姿勢，在她的觀念裡，是醜的，不好的。小時候哥哥們惹事了，父親才責罰他們跪。跪是一種罪責的姿勢。但有時，它又是莊嚴的。過年祭祖，有哥哥、父母跪到祖宗牌前的份，她們姐幾個，想跪，沒有資格。現在，從未跪過的她，當她第一次跪下，跪得羞澀，胡思亂想；第二次，跪得猶疑、小心翼翼；到第三次，就簡單了；到現在，是那麼自然、情願。靜靜地跪到禱凳上，雙掌合十，跟耶穌說，也是跟自己的心說，懺悔，省思……。她漸漸發現，這個跪的姿勢，並不壞，它讓我們低矮下來，柔軟下來，身體不再僵硬，那些叫精神情感心靈的東西，一下子，都放鬆了，都不累了。

不累，真好。

每晚的六點，才是彌撒時間。君生嫌地上有些涼，她站起來，和小神甫開始繞著池塘散步。下午的時光，時間很慢，那透過樹隙的陽光，很輕，很暖，金色的鱗片一樣，潑灑到他們的身上、臉上。一隻土狗跟上來，熟人一樣聞著君生的褲角。君生是怕狗的。小神甫看出後，他走到了另一邊，把小土狗隔開。讓君生走在裡側——有那麼幾分鐘，君生彷彿走回了少女時代，校園的操場，她和語文老師、幾個女同學，就是這樣走在校園裡。大家嘰嘰喳喳，那個只比她們大了三四歲的年輕老師，臉是羞羞的，眼睛黑幽幽，燃著熱情的火苗。君生的作文是每次講評的必然範文，小老師對她非常好，女同學們也都喜歡她，後來，是她替姐姐頂父職進了工廠，早早地結束了校園的生活。這一段時光，她常恍惚為夢境……

小神甫扳著手指，鄭重其事地給她說著下一季聖會每個節點的安排，希望她都能按時參加。君生點著頭，她告訴他其實自己什麼都不懂，《聖經》還沒讀完。來這裡，只是讓靈魂安詳一會兒，好受一會兒。她這樣說著，不由看向那些快樂的修女。小修女們都很胖，她們多來自農村，臉上的曬紅和黧黑，還沒完全褪淨，她們三三兩兩，在聊天。如果生在城市，她們此時應該是一群大學生了。健康的膚色、真摯眼神，君生聽過她們的聖歌，清越、乾淨，讓人一下就喜歡上了。

有修女向小神甫打招呼，她們嘰嘰喳喳，掩飾不住的青春、熱情。君生忽然想，這些姑娘和小夥子們，無論他們怎樣誓言終身不娶、不嫁，可是他們畢竟正當青春啊。天天在一起上課、做活動，難道，她們不會產生——愛情？這樣想著，她停下來，問：「有沒有修士和修女，包括神甫，談戀愛的？」

小神甫表情凝重，說：「有，但這裡不允許。」

「不允許是不允許，如果發生了，也像從前的農村一樣，進豬籠嗎？」

「那倒不會，只是不能在這裡修道了。」

「那，他們，會雙雙跑？」

「出去結婚了。也有後來又分手的，又回來修道。」

「哦，有點像和尚，出家還俗的。」

小神甫使勸抿著嘴角，似有話說不出。

君生說：「上帝不是愛他的子民嗎？為什麼不讓大家談戀愛、結婚？」

「可以結婚，那是基督教。」小神甫說。

「基督教不也是供著耶穌嗎？我看你們這也是耶穌。十字架上的都是耶穌，為什麼那一教讓結婚，你們這個不讓。」

小神甫皺了一下眉頭，說：「那不叫供，是朝拜。」

「朝拜、敬奉都是一個意思吧。我小時候看到那些沒文化的婦女，她們在牆上供著一張黃紙，上面寫著狐仙、黃仙的，又敬酒又磕頭，也很虔誠。和教堂這裡的跪拜、山上廟裡的那些上香的，應該都是一樣的，心情一樣。」

「進廟要錢，妳來我們這裡，用妳花錢買門票了嗎？」

「咦，這倒是沒有。」小神甫滿會辯論呢。

「但是我看到你們堂裡也放著捐款箱。」君生不錯眼珠地看著小神甫。

「那是自願，自願奉獻給神。」小神甫說。

君生點點頭，她說：「我時常想，佛祖、上帝，包括人們常說的老天，是不是，大家在說的是同一尊神？沒有一門教，上來就讓人幹壞事，都是勸人向善，彼此相愛。可是，弄來弄去，佛裡有魔，天使裡有撒但，就跟人間有壞人一樣。上帝這個老頭，我覺得他也像那些掌權者，喜歡漂亮，有好惡分別，比如他降子，為啥要挑馬利亞，讓一個好好的姑娘懷了孕。這要是在我們從前的老家，會被罵成『大姑娘養的』，難聽死了，哪還叫什麼聖母……」

「妳不可質疑上帝！」小神甫氣得臉都紅了。

9

妳不許謗佛！妳不可質疑上帝！君生開著車，耳邊這兩句話交替縈繞。如元上次生她氣，說她謗了佛。現在，小神甫也讓她不可質疑上帝。唉，佛啊，上帝啊，祢們真是那麼聽不得意見嗎？難道，祢也像我們單位的領導？

一到秋天，單位就要忙了，開會是常態，年終總結、明年計劃、曾經計劃的落實情況等等，等等。君生一路都在打著哈欠，她實在羡慕古代的婦女，大門不出，二門不邁，還能兒女成群。有人養，有宅子住，不用出來跟世界拚命，多好。

小會議室，人密集得如同坐電影院，中原城市，沒春沒秋，秋天，也熱度不減。楊小萌依然穿著蕾絲緊身裙，有錢書記在，她的坐姿就沒塌過，一直是一把精美的小提琴。立式空調不管用，有人用報紙「嘩嘩」搧著風，錢書記看向那裡一眼，那人就不敢搧了。

錢書記開會，沿襲當兵的風格，開門見山。只是他文化太低，唸起文件很費勁，許多字都不認識。今天開會，主要傳達三個文件，然後，鄭館長總結上半年，孫副館說一說下半年，劉君生，她是聽喝的。心裡納悶的是，上一次那個上專案要撥款的計劃，今天不提了嗎？

所有人都耷著眼皮兒，有玩手機的，有摳指甲的。錢書紀唸文件，唸得辛苦，他把「恪守」一次次越過，不認識，便不唸了之。走神兒，成了君生開會的主要內容。她在想，曾經的民俗研究館，是一個多麼安詳、寧靜的單位啊，那時，還叫民俗研究所，一塊小木牌，安安靜靜地立在那裡。自從老所長退休，新館長來，又來了書記，又提了副所長，烏烏泱泱，又提了科主任，又提了副主任，天啊，四十來人的單位，一半都是官兒。就連自己這樣一個不思進取、行為也不熱烈的人，因為年頭，都熬成了副館長。人人頭上都有了一頂帽子，便也人人都守官場規則。錢書記擅弄權，這麼小的天地，他相當於在針尖上跳舞。把關乎大家命運的，職稱、工資、績效、三三人才、優秀專家等，擺弄得風聲水起，浪湧浪翻。他首先是把這些牢牢抓住，攥到手裡。然後，一頂一頂地發。發給了誰，賜給了誰，誰才能得。而原來，是輪到誰，誰得。他最大的發明是，造名頭，請項目，撥來一筆錢，開上一兩次會，工作也幹了，成績也有了。這樣做的結果，是許多人都愛上了這一口，你看那個腰板拔得筆直的楊小萌，她連個三行字的文案都寫不出，卻已是會場熟練面軟心硬的中層女幹部了。下一步，錢書記正努著勁地提溜她，想再提半格。楊小萌也乖，一個半小時了，小腦袋一直像葵花向太陽一樣看著錢書記，不管聽沒聽懂，一律點頭。如此枯燥的文件，她也能把虔誠的表情一直堅持很久。錢書記文件唸完了，突然大聲說：「沒有共產黨，就沒有新中國！——現在，當下，網路謠言太多，都是唱衰中國的！端起碗吃肉，放下碗罵娘！」錢書記的提高聲調，把那些憪憪的都嚇醒了，抬起頭張望。錢書記繼續說：「我們館，至少不要出現這樣的問題。告訴你們，專政的法網恢恢不漏，別以為你們嘴痛快痛快就完了，沒完！上級掌握著呢！醜話我先說在這裡，誰出事了，到時候誰去受著。可別說我沒提醒你們！」

這些話果然震攝，剛才還一片低著的腦袋，現在全抬起來了。錢書記又舉了兩個實例：「誰誰誰、誰誰誰，前退休的，還當過領導呢，這點覺悟都沒有，發朋友圈，挑事兒，告訴你們，不是我兜著，他早進去了！還是那句話，沒有共產黨，就沒有新中國！」

「大家要感恩。」

到了鄭館長總結，她又順著剛才的話茬兒，說了下近期的形勢，恐怖，暴力。她告訴大家，在公共場合，遇到這種事，我們要以身作則，有覺悟，有擔當——大家聽愣了，肯定是不明白，責任和擔當具體指什麼。君生替大家問道：「覺悟和擔當，是說我們面對暴徒，先不要跑嗎？」

楊小萌捂嘴笑了。全體，也都覷向了君生。

鄭館長有些啞言。是啊，聽上級傳達時，要責任和擔當。可是具體怎麼責任，怎麼擔當，她也不是太清晰。總不能，暴徒舉著刀，我們說讓群眾先跑吧。

錢書記給她解了圍，接過話，說：「我們共產黨人就是要高風亮節，就是要敢於同壞人壞事做鬥爭！」

兩句誓言，大家好像還是沒有太聽明白。

「保持共產黨員的光輝形象！」錢書記又補了一句。

君生笑了。「光輝形象是巋然不動等著暴徒砍嗎？」

錢書記沒有再搭理她，瞪了一眼，全場靜默。

輪到孫副館總結業務，她先表揚了上半年，又展望了明年；接下來設想宏偉的計劃申請兩百萬，編民俗大典；十年可以，二十年也行，文化事業嘛，就是慢慢來；她還把年初申請下來的資金，重點解說了一下。錢書記非常高興，露出滿意的笑容，同時掐指一算——「二〇三〇年，哦，那時我已退休了。沒事兒，你們接著幹，謀劃工作，就是要前人栽樹，後人乘涼。」

10

「萬物非主，只有真主。」這些話聽著好耳熟，君生讀過《塔木德》，也懂一點《古蘭經》，她就著鹹菜，邊吃麵條邊看新聞。大姐君紅曾經說過，那電視上的人，妳又不認識，天天看他們有什麼意思呢？尤其是外國的，大選啊，爆炸殺人啊，八竿子都打不著，妳操那些心有啥用？

是啊，沒什麼用。君生確實知道沒什麼用，可是她需要，心靈需要。如果，她把這個答案，跟大姐說，她能理解嗎？不會理解，大姐一直認為，君生是好日子閒的，吃飽了撐的。在她們幾姐妹中，若論物質條件，君生比她們都豐盛。大姐常說，有吃有喝，妳還有什麼不高興的呢？為那些犯不著的事生氣，圖什麼！

不圖什麼。君生記得書上看過一句話：「為與自己無關的事操心，要麼是偉人，要麼是精神病。」君生知道自己肯定不是偉人，那麼，就一定得是精神病嗎？

昨天，她和君蘭參加了大姐的生日家宴，原本五月份要辦的，人湊不齊，拖著拖著，拖到了現在。上一次通知，大家不是這個出門了，就是那個有事了，三分之一都聚不齊。現在，等了再等，等得大家實在找不出藉口，就都來了。這回，不但辦大姐夫的，大姐還把自己也併進來，兩個人一起辦。這叫躲過了初一，躲不過十五。君生像看一場歌劇一樣，看著家人的大戲。嫂子們多已退休了，平時，也沒什麼舞臺，現在，家人的聚會，成了她們展示亮相的機會，擦擦抹抹，穿上最好的。大姐是東道，可是風頭是被嫂子們搶了的。大姐如何穿戴，也不漂亮，加之捨不得花錢，所有的衣物，都是仿造。就像大姐不理解她，她也理解不了大姐。按說，兒子都結婚了，丈夫也有份退休工資，她還這樣一分錢掰十瓣，摳摳索索地花，咋想的呢。包括這次辦生日宴，讓那些嫂子們私下嘀咕，看不起。不理解歸不理解，支持、愛護，她還是一分不減的。小時候，她們年齡差得多，大姐幾乎替代了母親的位置，每次從林場回來，都會給君生帶一點新鮮的東西，一塊花手絹，一根有顏色的筆，一截好看的花頭繩。甚至，君生的畫畫技藝，也是大姐啟蒙的。大姐給她講，她們林場的一女知青，就因為會畫粉筆畫，每天出壁報，就不用進山挨蚊蟲叮咬。「啥時候，都得有一門手藝，有手藝了，才能不出苦大力」，這是大姐給她的訓條。大姐是很苦的，她沒有完整的小學、中學。小學時要肩負起照顧弟妹的任務；中學，沒念完就上山下鄉了。結婚後，婆婆說：「誰家誰家的媳婦，可饞了，又沒懷孕，卻天天吃肉，這樣的媳婦，是饞老婆！」這樣的警鐘敲過，大姐便無論多想吃葷，下班回來也不敢買肉了。婆婆說：「哪家哪家，媳婦可懶了，人家老公公都起炕了，她還頭不梳、臉不洗地拎尿壺剛出來呢，讓人笑話死。」大姐便每天天不亮，起來，早早把自己屋裡的一切收拾好，再給婆家全家人燒火做飯。飯桌上，婆婆說：「當媳婦的筷子可不能伸那麼長，越過自己男人的菜盤子，被人笑掉大牙。」大姐就兢兢業業，永遠守著面前的剩菜剩飯……。這些，是她們姐妹從東北來到中原後，大姐和婆婆已經不在一起生活了，她才說的。更早，她是不告訴娘家任何人的。受氣，在她看來是一件非常丟人的事。

而君生呢，自從去了老薛家，發現他爹桌上吃獨食，回來就把這當笑話跟所有人說，邊講邊樂，樂得嘎嘎的。她可家醜不怕外揚，這就是她們姐妹的區別。還有，婆婆曾力爭讓她也坐小杌子，隨她在鍋灶邊吃，君生的辦法，是再也不去了，八臺大轎抬，都不去。而大姐呢，她遵從了婆婆一輩子，雖然內心並不願意。

大姐和姐夫下崗後，開了這家粥鋪。如果說君琳信佛，君蘭信麻將，那麼大姐君紅，她最信的，就是錢了。她相信有錢能使鬼推磨，錢能解決一切，至少，能解決她家的一切難題。生意人，斤斤兩兩地算著每一分錢，幾十年來兄弟姐妹的往來，大姐都有帳，半斤八兩，分毫不差。是不是，因為她每天摸錢、攢錢，才會對錢有這麼深的感情？按說，大姐家現在已經不困難了，她辦這場生日宴，有點強收稅的意思。可她等過了春天等夏天，不辦，好像吃了大虧似的。

三姐獻的壽禮，是大姐、大姐夫各一套秋衣，這使大姐接禮時愣了一秒神兒：如果都像她這樣，這個壽宴還辦的什麼意思?!君蘭悄悄跟君生說：「我就不慣著她，整錢，劃拉錢，劃拉來，劃拉去，都給人老汪家攢著呢。傻死啦。」君蘭說這話是有由頭的，在她們老家，中年男人死了老婆，會再娶。前女人辛苦攢下的一生，就都攢給後老婆了，所以叫「給後老婆攢包」，是勸喻那些過分儉樸的傻女人。現在，君蘭覺得大姐這樣，就有這個趨勢。為開粥鋪，她起五更，爬半夜，黑爪子掙錢，白爪子花！兒子奢靡得像個省長家的大少爺。而她，熬巴了一輩子，都不捨得給自己買件像樣的衣裳。

如元也來了，她容顏依然那麼靚麗，沒有皺紋的手指，一枚寶石藍的戒指，讓兩隻手像手模。鞋子、包，所有的細節，都顏色一致，非常搭調。君蘭小聲說：「知道嗎，老二正跟和尚搞對象呢，聽說那個和尚，還是一處級幹部。哦，不對，不叫和尚，是，是，哦，居士，他們悄悄在家修行的，叫居士。居士不耽誤有老婆，這個居士是離婚的，聽說長得還不錯呢。尼姑和和尚都要結婚了，這個世道真熱鬧。」君蘭一直管君琳叫尼姑。

君生拽她手一下，意思：小聲點，別找不自在。如元若真能修來一段善緣，結束這悲苦的生活，那誰又能說，佛法不偉大呢？你看君琳，她現在的眼神、氣色，確實不再像念佛的。有了愛情，不用佛支撐，女人的生活，又有什麼過錯嗎？吃飯時，她問君琳：「最近，又夢見咱媽了嗎？她怎麼樣？」

顯然，君琳已不大關注地獄和天堂的問題，她幾乎是敷衍地，淡淡地說：「早超渡了。」君生說：「妳真給力，咱媽也會謝謝妳。」這樣的吹捧，是真心，聽著也順耳。如元告訴她，自己還沒那麼深，是大師兄幫著一起超渡的。

大師兄，就是君蘭嘴裡的「那個和尚」嗎？君生正想問一句，她和這個大師兄，真的要結婚嗎？啪啪啪，大姐夫來了三擊掌，讓大家靜一靜，靜一靜，他要說話了。首先謝謝大家的到場，感謝兄弟們的情誼。大姐夫說他不會說什麼，先敬三杯酒吧。感謝大家的光臨。一杯，兩杯，三杯，三杯過後，盡開顏。所有人都高興了，臉上紅潤，眼神流光，女眷議論小姑子，男賓關注股票、基金。全家人，有一段沒聚了，現在，大姐的生日宴，把大家湊在一起，大家反過來，又感謝大姐一家，一杯，兩杯，三杯，越喝酒，越情緒好，說不盡的話題，擋不住的聲浪。席間，君琳出去接電話了，像是那個大師兄打來的，感情很甜蜜。君蘭坐在君生的左首，君生問她接下來的打算。君蘭心大，一如既往地說著自己找工作的宏偉計劃。「打工不掙錢，要幹就自己幹！」──這樣說著，她又感嘆：「自己幹得有啟動資金呢，像我們這樣的，找誰去借錢呢。找銀行，人家都不貸給我們！」

君生知道她這一通暢想，又是白搭。

席間，大姐還問君生老薛怎麼沒來，君生腦子空白了那麼幾秒，愣怔著看空氣。一晃兒，時間都過去了這麼久，可家人並不知道她真實的生活狀態。親姐妹也好，血緣也罷，誰家的日子，又不是自己過呢？甘苦自飲，冷暖自便。從這個意義上，她倒是真心地祝福如元，能和那個大師兄幸福、圓滿。君生撒謊都沒有臉紅，她對著空氣說：「哦，他出差了。」

換了一下頻道，鳳凰臺，正在播一個地區的大選，那個氣質頗佳的女性，端然勝出。君生很為那個人鼓舞，甚至，心裡還有那麼一點小激動，多麼美好的畫面，多麼感人的人生。那演講，那風度，與之相比，單位裡的那些人，包括自己，都像一堆朽木頭！

──「我不知道我的生命將向哪裡，但活著的日子，絕不無聊。」這句話又像一盞燈火，照亮了她的暗夜。

11

雙休日是個幸福的日子，一個人在家，像一條輕逸的魚，悠閒自在。突然，有人敲門，在這通訊如此發達的時代，直接敲門者，已經不多了。

原來是老薛，薛漢風。

薛漢風老了，笨重的四肢，更肥的肚囊，和那下垂的眼袋，就連嘴角，都是深深地下撇著。如果說女人老了有罪，那男人，又好到哪裡去呢？你看老薛，哪哪都虛著，墜著，鬆弛著。如果不是曾經的丈夫，有過親人般的感情，君生對他，也是懶得看一眼的。

再見面，依然平靜得如同老夫老妻，他們沒有客氣的話，也不橫眉冷對。老薛幾次電話讓君生給他找出那本書，君生都告訴他沒有。確實，在他們家，除了她喜歡的那些藝術，老薛說的什麼什麼大系，她幾乎完全沒有印象，那是他們高校編纂的一套志。薛漢風換了鞋，像回到自己家一樣，走到電視櫃下的抽屜，拿出一把小鑰匙，說：「我想起來了，那本書在儲藏室。我去拿。」

穿上鞋，開門去地下室了。

分開快一年了，沒有見過面。中間電話，都是些水電卡續費類，君生找不到地方。聽小周說，老薛已經不住辦公室，已經買了房。還聽說，他沒有找女人，一直沒找。小周曾建議，一起吃個飯，她說老薛是好人，中老年男人這個樣，已經不錯了。能復合，還是復合。君生沒有採納小周的建議，她想起了民間流行的那句話，防火防盜防閨蜜。現在，她什麼都不用防，完全適應一個人了。

老薛再進來，鼻尖上一撮灰。左肩膀，也是陳年灰網蹭過的痕跡。君生讓他別動，去衛生間取塊抹布，遞給他。他說：「看不見，妳幫我撣。」君生就幫他擦。老薛小孩子一樣隨著抹布，歪來歪去歪著腦袋。擦過，他又換上拖鞋，沒有立刻走的意思。君生去汰抹布，一想他身上有灰，又叫他別動，另取一張椅墊，墊到了他沙發的屁股底下。老薛說：「毛病真多。」君生自己也知道，越獨過，潔癖越重了。

「唉，四兒，我說呀，剛才，妳是沒去，妳要去那地下室，嚇死妳。」

君生在衛生間洗抹布，老薛坐在沙發上說。還管她叫了小名，像沒分開時一樣。這個老東西，又賣什麼乖呢？她伸出腦袋，看他，意思是：怎講？

老薛說：「我剛開門，刺溜兒——一隻耗子。一個大耗子。」

君生縮回頭，說：「我都一年沒下去了。當初買那兒，就是白花錢。」

地下室是買房時強配的，不要都不行。很多東西儲進去，再也沒法要了。

老薛輕輕地翻著他那本大系，皺著鼻子，說：「蟲嗑鼠咬，光板沒毛，完蛋了。」

君生再次拿出一個小抹布，是穿過的背心，說：「別抖落了，都是灰。拿回去再擺弄。」說著讓他包好。

老薛聽話地把書包上，說：「渴了，倒點水。」

君生給他拿出從前的杯子，倒上白開水。老薛起身去衛生間，洗手，用廁。君生看著他墩實的後背，心想：「真沒拿自己當外人啊。」

磨磨蹭蹭，就到了午飯的時間。老薛說：「走，去外面吃吧。」君生不願意。她說原準備中午煮麵條的。老薛說：「那就多煮一碗，我也吃。」君生不在乎一碗麵條，她很快就煮出來了。兩人像從前過日子一樣，熟練地，拿碗拿筷，冰箱取鹹菜，坐下來，看電視，吃飯。

老薛邊吃邊找話，不時用眼睛看君生。君生不喜歡他這樣看，中年女人，已經禁不起「近瞻」了。她惱怒地，一皺眉，說他：「要吃快點吃，沒話別找話。」說完，埋頭吃麵。

老薛的心一陣微痛，君生，曾經是一個多麼愛說愛笑的人啊，擱從前，他找她逗話，她接上來的，一定是別管丈母娘叫大嫂了，沒嗑兒找嗑兒。或者，叫他老不正經，現在，她的表現，和從前判若兩人。

老薛想到這，伸出一隻手，放到她的肩膀，有摟，也有安撫的意思。君生轉過臉，定定地看著那隻胳膊，像不認識是胳膊一樣，看了很久，才說：「你以為你是老革命呢，離婚不離家——想得美！」

嘿嘿，嘿嘿，這就對了，就是這樣，這樣說話，才是從前的君生。

吃完了午飯，老薛也沒急著走，他忙忙乎乎，像個勤儉持家的好丈夫，把衛生間放拖把的那個池子修了，又整理了廚房，還下到地下室，把地下室也清理了，打上鼠藥。叮囑君生，去地下室注意哪些。君生自己躺到床上睡了，老薛裡裡外外很是持家了一番。

羈鳥戀舊林，池魚思故淵。從前的家務，老薛是能躲就躲、能拖則拖的。現在，他像從前過日子一樣，磨磨蹭蹭，幹了這麼多活。君生醒來，看他這樣，問他是學雷鋒做好事嗎，老薛砂鍋煮驢頭，頭爛嘴不爛，說：「妳以為老夫要吃回頭草呢，告訴妳吧，我這是可憐妳。男子漢大丈夫，何患無妻！」

活幹完，說自己累了，又躺了一會兒。君生笑了，她覺得薛漢風現在就是個老孩子，他的表現、嘴巴上說的、眼神，可不就是一個年齡大了的老孩子嘛。躺下來，還虛張聲勢地要對君生樂一樂，君生給他蓋好被，說：「老了，遵守老年人的規矩，也是美德。」

薛漢風轉臉就睡了。

肥肥的肚囊，一呼一吸，像在自家睡一樣踏實。老薛是被手機響驚醒，一睜眼天都快黑了，他邊穿衣邊嘟囔：「拿老爺當木頭了，一點春心都不動。」

像是一個急迫的電話，是男是女君生沒有聽清，老薛匆匆地走了。面對床上那個空被窩兒，君生坐下，有點緩不過神兒。人和人的感情究竟是上帝怎樣巧設的一個機關？這一家不一家、兩家不兩家的，是未來男女的新型關係嗎？不是夫妻，也不是朋友，不是兄妹，也不是情人，卻，有親情，有愛……。不知他今天走了，明天、後天，會怎樣？君生還想起了一個笑話：一個人活夠了，決定跳樓。在他下落的過程中，看到九樓那家，正打得頭破血流。八樓，殘疾的丈夫臥病多年。七樓，欠了一屁股債，也想跳樓自盡。六樓，因為姦情，女人跑向了窗戶。五樓，男人出了車禍，女人正哭得死去活來。四樓，兒子不聽話，老子氣得要死。三樓，二樓，一樓——沒有一家的生活，不是有殘缺的，沒有一個人的內心，不是百孔千瘡……。若論死，他們更沒活頭，為什麼人家能苦苦堅持？男人後悔了，眼看就要粉身碎骨，多虧一狗舍，搭救了他。從此，過上了幸福的生活。

是啊，比起周圍，君生已經是世俗意義上的好日子。別人都能下死力氣跟命運拔河，她為什麼，要先行告退？

君生站起身，把萊士普等，所有的藥物，都扔進了垃圾箱。

12

心情變了，看生活的眼光就變了。今天的工作內容，又是開會。但君生已經不焦慮。所有人都緊急召到三樓會議室，是什麼文件的急傳達。一坐下，才知道主要是照相，集體、小組，分組補拍。過幾天上級要來檢查的。前一段的學習任務，沒有留下資料。這次檢查，有這個內容，要補照一下，貼到宣傳欄上。有圖有文，有時間、地點，這項工作不白幹。

楊小萌今天穿的是蕾絲連衣裙，更像一把小提琴了。她乖巧地俯向錢書記，錢書記說什麼，她不管聽沒聽懂，全都頻頻點頭。一架照相機，幾個男士輪流當攝影師，擺桌子，挪椅子，一個場景一個場景，學習上級精神的、傳達會議文件的，爭創文明，單位開會研究部署的，一組一組，拍得比當時會場更真實。

君生像個求知好學的小學生，認真觀察，耐心聽話，內心還充滿了喜感。別人坐向哪裡，她就跟到哪裡——錢書記大聲強調絕不能拖系統的後腿，問題不能出在咱們單位，大家積極回應，熱烈配合。最勤快的人，要數楊小萌了，她一遍遍地上去替代了攝影師的角色，鼓勵大家說「茄子」。茄子說夠了，還教大家慢張嘴，「小豬肥」——「小豬肥」的表情，更萌更好看。有人提議「開過那麼多會，不能穿的都一樣吧？換換，換換，大家應該換換衣裳。」——這一提醒，讓所有人都樂，可不是，光注意擺造型了，身上服裝也不能穿幫兒。屁股、椅子一陣劈啪亂響，聰明的楊小萌嗖地跑出會議室，只幾分鐘，魔術師一樣回來了，蕾絲裙換成了精幹的職業裝。其他幾名骨幹，也不落後，嗖嗖嗖，大家跑出去又回來，舊貌換新顏。「對了，這就對了，這樣才像，挑不出什麼毛病了。」錢書記滿意地點點頭。

君生的手機突然大響，嚇她一跳，是君蘭。趕緊摁斷，堅持把照片拍完。

此時，君蘭又在小酒館借酒澆愁了。每月的這幾天，都是她最難熬的時刻。身體的問題，是任誰也解決不了的，就像佛祖套在孫猴子頭上的那個緊箍。君蘭最怕自己的生理週期了，每到這幾天，似有萬蟻噬骨，千魔亂心。她已經不知自己喝了多少杯了，手是軟的，腳也軟，腿，更是軟得如同麵條，全身的骨頭，都稣得拿不成個兒。她不知自己要把這具肉身托放何處，如何處置。一塊錢一瓶的啤酒，她們都喝一箱了。君蘭是打頭的，她端起酒杯，像喝白水一樣咕咚一口，咕咚一口，幾下子把自己整醉了，醉了的身體，才不是她的，才不讓她難過。

打起精神，想好好過日子，她是這樣想的，也去這樣做過，但是，不行啊，比登天都難。去了多少家，超過四十歲的女人，人家根本不要，看都不看妳一眼。找工作又不是賣春，憑什麼非要年輕的呢？女人老了就該死啊？雞不鴿，狗不咬，全世界都嫌棄妳了。君蘭身體難受，精神也不好受，只有和這些酒友、麻友在一塊兒，喝點，玩會兒，才是好時光。大家互不嫌棄，抱團最暖，酒話、車軲轆話，說了一圈又一圈。當把這些話都說沒了，說夠了，君蘭開始吹牛，說：「別看我沒出息，我妹妹，君生，她可不賴，經常上電視呢，好多人都認識……。」那些人不信，攛掇她打電話，證明一下。結果，她就一遍遍地開始打。君生這邊，正在拍照，不知她什麼事，心急火燎。待打通了，君蘭在電話那邊對身邊的人說：「她現在牛了，從前，上學那會兒，是我的跟屁蟲兒。連作業，都是天天抄我的。那時候，我年年都是三好學生，我得的獎狀，我爸都當年畫貼牆上。現在，唉，現在是不行了，落坡的鳳凰，不如雞啊。來，喝！」

君蘭被人送回家時，已醉得不醒人事。君生跑到她家，又是一個人躺在床上，被子裡小小的她，因為口渴，突然扭動一下，才見那裡還有東西。丈夫不在，兒子不在，君生黯然地想，如果此時，姐姐暴病死了，誰又知道呢？有家、有丈夫的人，生活又如何？君生怕她嘔吐，先給她拿了一個桶，放到床邊。再接上溫開水，讓她喝。君蘭的身體像沙漠，一杯一杯，直接把三四杯下肚，嘴唇還是白皮。她眼睛睜不開，可是嘴上說：「四兒，我心裡啥都清楚。再喝點也沒事兒。」

又是一頓白開水灌下，君蘭終於眯著了。眯得不實，眼皮兒是跳動的，眼角時有淚。君生坐下來，從包裡拿出那本簡版的《聖經》，說：「三姐，妳好好躺著，睡不睡都行，我來給妳讀段《聖經》。」

君生打開，像自習課早讀一樣，輕輕唸道：

「主，求祢拯救我，扶助我。

求祢救祢的子民，

降福她們，她們是祢的羊群。
求祢作他們的牧者，
護佑他們。
阿門。

上主，求祢不要遲延，
赦免祢子民的罪愆。
求祢對她們廣施慈恩；
祢是我們的仰仗，
勿使我們蒙羞失望。
上主，求祢垂憐我們、垂憐我們……」

君生又翻了一頁：

「上主說，我要將我的法律，刻在你們的肺腑裡，寫在你們的心頭上。我就是道路，我就是真理，我就是生命……」

君生合上書，呆呆地望著三姐，她的眼皮兒不跳了，像是安然睡著。君生把書放進書包，她準備去給她做點粥。竟忽然又想起紀伯倫的名言：「你的日常生活，就是你的廟宇，你的殿堂。」——這個黎巴嫩的哲人，君蘭考大學時曾把他的名言警句抄在小本子上，君生不懂的，還要問她。現在，這些話，她可能都忘了。

像是心靈感應，君蘭的被子一陣顫動，微風掠過湖水。她哭了。

13

早晨上班的路上，君生接到了孫副館的電話，問她在哪兒呢，君生以為孫副館嫌她遲了，馬上撒謊說在銀行，順路辦點事。孫副館說：「那正好，妳就別動了，千萬別動，就在銀行蹲著吧，作風檢查組的來了，正在門衛守呢，抓住一個全年文明獎就沒了。妳等一會兒，他們走了再來單位。」

看來今天是突擊檢查，君生如果不到單位，孫副館、錢書記還可以說這個人出差了，或去別的單位辦事。而她若突然杵到門口，被抓了現形，那損失的可不是一個人的事兒，是整個單位。那些人貓在收發室，就是想要這麼個效果。

真險啊。

她把車停靠在路邊，馬上有收費的人跑過來，要收費，五塊。這可太貴了，君生捨不得，她說：「我不下車，就在車上等一會兒。」收費的說不下車也不行，下不下車都得交。君生又把車慢慢往前開，馬路兩側，成了停車場，根本沒有停車的地方。她不知道，這樣在馬路上待命還得待多久。遊遊弋弋，圍著這條街轉了一個四方圈，也找不到合適的停車地方，油錢都超過停車費了吧。君生晃晃頭，嘴角苦笑，只要出了家門，荒唐事就會一樁接著一樁。這要是從前，她又要頭暈了，並且，會眼前發黑。現在，她竟然，挺住了，透過車窗看外面明晃晃的太陽，像看電影，自己就劇中人，此時，還演了個大角兒。

這時，孫副館又來電話了，指示她，趕快去鄰近的文物館，拿一份資料回來。說檢查組的人也學精了，蒙混不了，剛才鄭館長說走了嘴，說君生在文物館查專案資料，結果人家一會就要把電話打過去，核實。孫副館說：「趕快，趕快，妳趕快去文物，查不查資料，都到那掛個號兒，省得露餡兒了。」

孫副館又說：「多虧楊小萌眼尖，今早，是她先發現的那幫人，如果不是她報告了錢書記，咱們單位，可被動了。妳趕快去吧，班子成員，更不能出事兒，聽說這次整得可嚴了，有職務的，一律免。」

從這個意義上，君生得感謝孫副館了，如果沒有這個電話，她被逮到了，因為遲到，就被免職，丟人不說，損失也是巨大的。她們的前副館長，退休的老章夫婦，雙職工，都有小小的職務，退時，也還過得去。沒幾年，夫妻雙雙身體不好，都不能自理，要雇兩個保姆，結果，各自的工資，都不夠支付保姆費用的，她們是眼睜睜，看著兩夫婦早死的。活不起，就死了。

君生心裡感謝著孫副館，荒誕感變成了使命感，演，必須演，鑼鼓已開場，況還是劇中人，有了開頭，要有中間、結尾，善始善終。她掉頭往文物局開去，邊開邊給小周打電話，告訴她自己要去她那裡躲一會兒，如果有檢查組的電話，她先給應一聲。可是，電話響了半天，小周才接，接時鬼祟，語氣頗為躊躇。她問她幹什麼呢，她支吾半天，說在路上。路上應該人聲、車聲，可是她的周圍，很安靜啊，小周有什麼要撒謊的呢？君生不解。

君生說：「那妳趕快到單位，我去妳那找點資料。」

小周說，她不能去單位了，單位裡正檢查，她得去政協躲一躲。領導剛交代的，要她去政協，找一份哪天哪天的報紙。

「天啊，全一樣啊！」君生心裡笑了。看來，她今天也是遲到了，被單位的領導截在半道兒上，也要她待命。也要她自編自導，去政協找什麼資料。唉。

君生看看周圍，躊躇著找停車的地方，這時，她發現自己遊遊弋弋已開到了老薛單位的附近，師範大學。新蓋的樓，很寬敞的院子。她猶豫著要不要上前跟保安說好話，求他讓自己進去，停一下；這時候，她看到了那個窈窕的背影，說話喜歡一點頭一點頭的女人，不正是小周嗎？難道，老薛這單位變成政協了？君生進不是、退不是，悶悶地坐回車裡。孫副館的電話又進來了，喜悅地告訴她：「回來吧，沒事了，那幫人都走了。」

回到單位，孫副館還守在門口站著，像打贏了一場硬仗。她說：「剛才那幫人接了一個電話，像是上級有什麼事兒，緊急召回。錢書記讓他們上樓坐一會兒，喝口水，都沒坐，急匆匆就跑了，車藏在路邊兒，像特務似的，以後可得小心了，那幫人可了不得。」

君生點頭。上樓的時候，她竟哼起了歌兒。

14

春天的公園，柳樹發芽，人造湖邊楊柳依依。君生支著一條腿，坐在公園的椅子上，悠閒地看著大姐君紅和君蘭在杵香椿。二姐君琳上個月已經結婚了，相悅的人，果然是她的大師兄，那個居士。君琳不再叫如元了，又恢復了她世俗的名字，她們的婚也結得很浪漫，一個月的歐洲遊。行前，君琳請幾個姐妹一起吃了飯，席間，君生還試圖跟姐姐探討母親的問題，地獄、天堂、靈魂等等，君琳說：「生活就是修行，修行也是生活。每個人的心裡，一會兒是天堂，一會兒是地獄，空即是色，色即是空……。」這樣的話禪意深深，引起了君生更大的興趣，她近段也在讀佛經，尤其《心經》的短短二百多字，成了經文中的千古之謎。空不異色，色不異空，受想行識亦復如是。君琳家那個香煙繚繞的佛堂，現在又變回了婚房，這，是不是「上求佛道，下化眾生」，君琳在修行上的「色不異空」呢？

君蘭嫌手中的木杆不給力，扔到一邊，蹭蹭蹭，她爬上了樹。摘香椿樹上的嫩芽，剁碎炒雞蛋，這是華北人的吃法，作為東北人的她們，也已深深地愛上了。一個在下面喊，一個在上面接，配合默契，好不熱鬧。不一會兒，兩個人已累得汗巴流水，露出孩子樣的笑容……。君生感慨，這樣的時光，睽違有二十多年了吧？姐仨沒什麼事能在一起，那還是少女時代，圍在母親身邊，一起幹家務，一起成長，一起嬉鬧。自從長大了，求學，工作，結婚，成了一家一家獨立的單位，再湊一起，那都是親戚間的往來了。一晃二十多年。現在，什麼事都沒有，純是幾姐妹湊到一起樂呵，純粹地玩，這是多麼奢侈，又多麼簡單幸福的生活啊。可惜，從前從來沒有意識到，無憂無慮，是天堂。

「蒼茫的天涯是我的愛，綿綿青山腳下花正開，什麼樣的節奏是最呀最搖擺，什麼樣的歌聲才是最呀最開懷。」——公園的一角廣場舞跳得正歡，君紅和君蘭也加入了她們的行列，伸胳膊摺腿，賣力，認真。她們還伸出手，向君生邀請，讓她也上來。君生擺擺手，看看可以，這樣的舞動，她是無論如何做不來的。看得出，兩個姐姐真的很歡樂。

「在這個世界，你知道得多了，快樂就少了。」君生突然想到這句話。

——寫於二〇一八年春　石家莊

一夕漁樵話

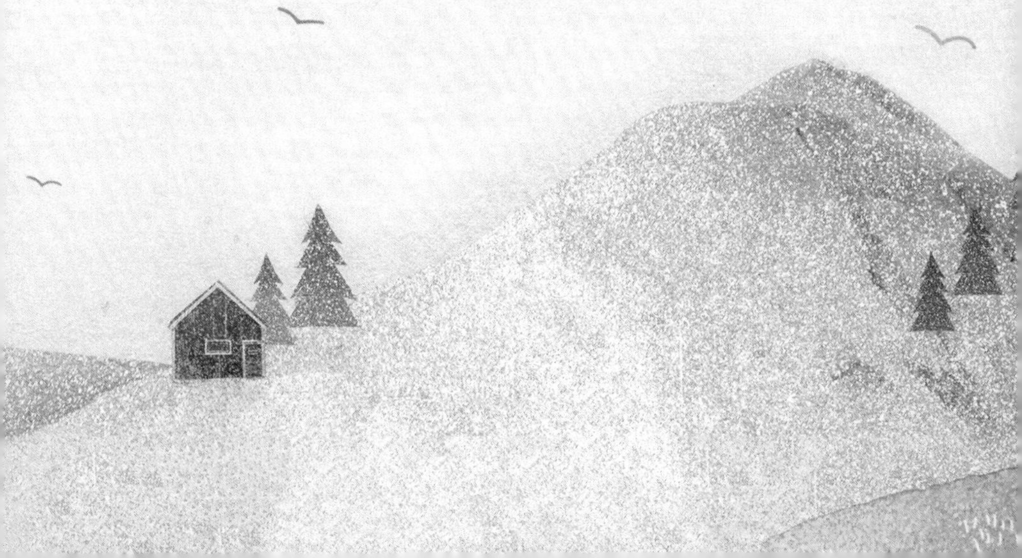

梁宵對蘇錦屏說：「你是我西點軍校的老師，不，校長。雖然我沒去過美國，也沒見過西點啥樣，但我認為，我現在的抗挫能力、抗打擊能力，都相當於西點畢業了。所以，感謝蘇老師的栽培啊，還是免費的。」

蘇錦屏笑了，一笑又露出那排好看的牙。梁宵當初，就是被這口牙迷住的。蘇錦屏說：「手把手教女學生，老爺高興還來不及呢，哪還能要學費呢。況且，這麼多年，我也沒少受妳的考驗，算相互學習吧。」

一問一答，聲音不高，也被旁邊等電梯的老頭兒聽到了。他奇怪地看了他們一眼，看穿戴，這就是一對普通夫婦，男的頭髮都白了，肥厚的肚囊像個幹部。女的呢，家常的穿著，年歲也不小了，像是買菜剛回來。他們怎麼又是老爺又是學生的？——梁宵被盯得不好意思了，直往老蘇身後躲，臉轉向了牆，掩住笑。老蘇也抿住嘴兒，壓著笑。如此的對話方式，於外人是陌生，對於他們自己，已屬家常便飯。所不同的，他們現在已經不是一家人了。

老蘇的手裡，正拎著兩個袋子，一塑膠袋菜，一牛皮袋書，肩上，還背著個長帶兒的袖珍小帆布包——那是他自立門戶以後，自己置辦的流動「保險箱」。這個流動保險箱，遭到小梁若干次嘲笑，笑一窮二白的老蘇，終於不用藏富了，小保險箱裡一定裝著他的卡啊，錢啊，和各種購物券吧。老蘇現在住在一棟破舊的塔樓裡，「起義」成功，他的錢也只夠他買這蜂窩一樣密集人群的塔樓。兩室一廳，畸角旮旯，採光、透氣都不好。雖是這樣，老蘇已經相當滿意了。他現在的生活是，上班，有一定的權力；下班，有自己廣闊的天地。每月工資，也都歸了自己。正是這些，讓他不再免費教眼前的這個「女學生」了。

電梯來了，每一梯，都人流滿滿。城中村，無證商品房，低價格，讓外來戶們忍受了髒亂差。梁宵第一次來時，正趕上一部電梯維修，修理工邊修邊罵：「跟他娘的狗一樣，挺大的人了，往電梯裡撒尿，咋不電死他！」——原來是一小夥子尿急，他以為沒人看見，就尿開了。尿流把電源沖斷，電梯冒煙。攝像頭把這一切都攝了個清清楚楚。

第二次，梁宵和老蘇，剛進電梯身後就跟進個大黃狗，隨後，又進了個年輕的姑娘，她叫那狗為兒子，說：「兒子啊，要聽媽的話。」那隻大黃狗有了尿，也不聽她這個小媽媽的，也在電梯尿開了。本來人擠人，腳下沒多大地方，大狗一尿，人們立時都立起了腳，地方寬綽了不少。梁宵當時就死抓著老蘇的胳膊，讓他「摁電梯，摁電梯」——當層跑出來。那時她已下決心不再來他的家了，即使狗不尿，農村人往電梯板上吐痰、擤鼻涕，也夠噁心的了。她說過很多次不再來了，可此時，今天，她又來了。

一堆人，都技術很好地擠進了電梯，電梯門，卻關不上。有人使勁摁著關閉鍵，電梯的門像打擺子一樣，合上，打開，打開，合上——這樣的情況經常發生，梯裡的人們並不驚慌，仰著脖子紛紛看，說：「壞了，又壞了。」然後，像剛才擠進來一樣，又擠了出去。

梯口，下班的人越來越多。又一帶狗女人走來，老蘇用胳膊箍了梁宵一下，把她別到自己身後。這一默默的舉動，讓梁宵感動。她極怕這些毛烘烘的傢伙，嫌牠們髒，怕牠們碰到自己的身上。沒分開時，老蘇曾用激將法，讓她與狗同樂，熱愛禽獸。後來發現她確實害怕這些東西，牠們是她的天敵。一手手的冷汗，一身身的雞皮，呆滯的眼神，那不是裝的，弄不好，她真是那個紅綾裹過、被貓抓死的轉世嬰兒。那時，老蘇和她同出同入，遇見狗什麼的，會自覺地護她一下。現在，分開這麼久了，這一習慣，卻還保持，梁宵的內心，湧起一絲溫熱。

沒有人打報修電話，都仰頭呆看，或低頭擺弄手機。梁宵掏出她的小扇子，「啪啪」打著腿邊的蚊子，也兼嚇唬狗。老蘇說；「咱不等了，去外邊吃，完了再回來。」梁宵用眼睛看他：手裡的書、菜，也拎到飯店？

老蘇說：「這都小事一樁。」他們拐到單元口的小賣部，老蘇跟那對農村小夫妻很熟，撂下東西就出來了。社區的周圍一圈飯店，一家比一家油汙。老蘇讓小梁挑，隨便點。梁宵倒不是擺譜之人，她說：「找個乾淨點的，吃碗麵條就行了。」

老蘇說：「別客氣，咱不差錢。」

「你不差錢，我沒那閒工夫兒。」

「再說了，到處都像豬圈，哪如回屋消停？」梁宵一說話就刻薄，她對蘇錦屏的不嫌髒、不嫌累，很有意見。老蘇教育她：「要從群眾中來，到群眾中去，和人民打成一片，才能接地氣。」梁宵反駁，她說：「我就是人民，我就是群眾，莫非按你的花架子，天天跳糞坑，才叫接地氣？」

「覺悟低，不怪寫了一輩子沒出息。」老蘇說。梁宵現在在一家文化單位工作，年輕時寫詩，在當下人們用看精神病的眼光看待詩人時，她也不好意思提自己寫詩了。在她們單位，馬紗紗、牛麗麗，都曾經是詩人。如今，紗紗是主任，麗麗是副主任，基本不寫詩了。梁宵年輕時跟蘇編輯蘇老師探討詩歌、出版詩集，後來，她把自己探討成了蘇老師的內人，蘇博天的後母。

蘇博天是蘇老師的兒子。

吃完飯回來，梁宵還在心裡一遍遍地問自己：「妳不是下過一千遍、一萬遍的決心嗎？不來了，不來了，可是，妳又來了。妳管不住自己，就不能長點臉嗎?!」梁宵鄙視痛恨著自己。

壞了的電梯，依然還在那兒壞著，像敞開的洞。他們上了另一部，煙味、騷尿味、夏日的汗腥味，梁宵屏住呼吸，又習慣地抓住了老蘇的胳膊——這條胳膊像她人生的單槓兒，攀抓了二十年。那時，無論是白天還是夜晚，抓著這隻胳膊，就踏實，走路都不用看，更不擔心貓狗什麼的。兩人進了屋，才想起小賣部的東西忘拿了，老蘇好脾氣，二話不說，把鞋又穿上，獨自下樓了。

再回來，手裡多了一袋水果，草莓、荔枝這兩樣東西，梁宵自己都不大捨得買。老蘇說：「吃吃吃，管夠兒造，大房子老爺買不起，吃點喝點，有得是。」

梁宵內心又湧過一波叫感動的東西。飯後水果，正解剛才飯店的油膩。老蘇換衣服，梁宵去廚房，洗水果，裝盤，端到沙發前。兩人並排坐了。老蘇又去沖腳，再回來，坐到沙發把腳舉到茶几上，舒服。這樣的習慣，他們從前都有。梁宵曾看過一篇文章，說夫妻價值觀的問題：一對清華老教授，吃飯的桌子上時而有書，時而有手套，偶爾，還會有幾天都找不到的一隻襪子。老夫妻誰也不嫌誰，連女人不做飯，都不是問題，兩人經常到外面吃。從年輕到年老，日子過得非常愜意。梁宵他們的舉腳習慣，慵懶互不嫌棄，也是當初兩人走到一起的一大緣由。那時，他們的樂趣是各抱一本書，乏了，促狹的梁宵會突然一伸手，或一伸腳，把蘇錦屏正入神看的書挑掉——怒目而視，這份怒也持續不了一分鐘，看著眼睛裡忍著爆笑的梁宵，老蘇像是學會了一門手藝，趁其不備，也一掌打掉她手中的雜誌，或別的什麼東西。這一掌，在對方愣神兒驚詫又惱怒的眼光裡，另一方，找到了快樂。接下來，勒令撿，不撿。威脅，警告，倒計時……，口頭的虛張聲勢，基本不管用，又開始柔道、相撲，你推我搡。都年輕，都有一把子好力氣，別人家在柴米油鹽裡使勁，他們在虛空中高蹈……。見蘇老師把腳舉到了條几上，梁宵猶豫了一下，這已不是她的家，她不再理直氣壯。老蘇似很懂她的心，一抬手，把她兩腿攏一起，擱到條几上，意思是：放心大膽地坐，別客氣，怎麼舒服怎麼來。梁宵拿起一枚荔枝，剝了殼慢慢嘬。

電視正播，鳳凰臺的一個什麼辯論會，正反方的觀點，應該是事先排練過的。若在從前，老蘇一定是正方的支持者，而梁宵，多持反方。他們常常為電視上的激烈觀點而爭。老蘇諷刺她：「臺灣也沒妳二大爺，幫人家唬什麼呢？」梁宵就回擊：「香港都是你老親娘、三大爺，你幫他們唬吧。」而現在，她內斂安靜，處處都客氣許多。電視上的辯論，明顯漏洞百出，梁宵卻靜靜地看，很認真，不批評，不諷刺，一言不發。她的眼神兒，卻是空洞的。

老蘇摁了摁她的肩，讓她吃，吃水果。

梁宵機械地點點頭，再拿起一個草莓。

他們是一年前，辦了離婚手續的。頭三個月，誰也不認識誰，一腔子的恨、怒、怨。然後，又三個月，日子有傷了，心靈有痕了。再然後，半年，一載，那份傷、疤痕，漸漸磨平，不那麼疼了。再熬，又多了些對日子的憶、惜、悔。再往後，悔也沒了，時間把什麼都滌盡，現實中剩下的，只是一個曾經親密、沒有血緣，卻疑似親人的熟人。蘇錦屏沒有再找，一個人掙錢一人花，挺好；更重要的，是他如何向兒子做貢獻，小梁也管不著了。梁宵呢，使勁兒找了半天，可那可心可意的，上帝還沒給她預備——她很難想像，自己這個年齡了，還能和另一個陌生的、毫無感情的肌體隨便靠近。老蘇時常打她電話，像約老情人一樣約她吃頓飯。她呢，家裡有了活兒，電器安裝了，房屋漏水了，有民工來，她就請他來。站月臺，別讓民工誤以為這個家沒有男人。梁宵膽兒小，她怕禽畜，也怕打家劫舍的壞人。日子，就這麼過來了。

電視上，兩方的辯論，越來越繞了，邏輯都難自洽。更可笑的，那個反方老頭兒，專家，前幾天在另一臺節目裡，他還是正方。同一個問題，他在說著和原來完全相反的話——這樣整來整去，他會不會把自己搞分裂？梁宵站起來，拿著遙控器，她要走近些才能搆到遙控的距離——老蘇的房子格局不好，他把電視東西的位置，擺成了南北。自己的日子自己說了算，想怎麼來就怎麼來。

老蘇看她關電視，知道她心裡又不滿意了，國際關係，她且操心呢。逗她：「沒人為妳的主子說話，又不滿意了？」

梁宵笑了：「主子主子的，好像我真有主子似的。」她回身來敲了一下老蘇的頭，「以後別胡唚了，現在形勢這麼緊，讓外人聽了，以為我是幹什麼的呢。」

「膽兒比耗子都小，卻整天關心政治。」老蘇說。

「看個新聞就算關心政治了？知道點天下事，不好嗎？像你娘、你姐、你妹，一年到頭，蒙昧著，糊塗著，連國家主席換了都不知道，這樣就好？」

老蘇的姐姐妹妹都在農村，有信佛的，有信基督的，還有信另外什麼教的。有一次他姐姐來她們家，正吃飯時，電視上出來一個人，她媽呀一聲，說奇怪，現在的老大，怎麼是他了呢？

「妳不蒙昧，妳不糊塗，妳胸懷天下，妳縱橫萬里。整不好，也能像妳朴姐那樣，當個總統啥的。可惜呀，咱這沒那個選法。」

梁宵笑了，差點笑出聲。小奧弟、老普兒、朴姐、昂山妹，還有誰誰誰，這都是他們經常掛在嘴邊的人物，不知道的，以為他們在說什麼親戚。有時就是國內領導人出來了，也免不了品評一番。老蘇讚揚的，梁宵就反對，說他攀表哥、附表嫂呢。還搬出林語堂的那段話，什麼「有些人的利益時刻都在受損，卻天天替政府唱讚歌，不是神經錯亂又是什麼？」——那時雙方互懟急了，就動手。當然不是真動，老蘇常常把她從沙發上掠到床上，說國際問題，紙上談兵嚇不住，得來點實的。武力解決，才奏效！偃旗在床上。

風華不再，放在母親那會兒，梁宵已經是當奶奶的人了。現而今，人們都活得孤了，獨了，也浪了。老子不婚，兒子不娶，多得是。蘇博天已過而立之年，薪水也不低，單著。老蘇現在，也不是非有老婆不可的年齡了，單著也挺好，關鍵是，他是為了錢而玩的金蟬脫殼，夠薄情，夠心狠。想到這兒，梁宵心下一涼，她想：老蘇這人，多有文化，也不耽誤還有一顆自私的心靈。

站在客廳中央，梁宵開始穿衣服。她說：「你今天叫我來，到底有什麼事兒啊？」說著望了一眼牆上的時英鐘，時針的指標，都快指向十點了。

老蘇說：「累了，床上說。」

梁宵歪脖看他，像看一件珍稀古董。若放從前，她嘴裡的一串尖酸刻薄話，早吐瓜籽殼一樣飛出來了，現在，她斂住了。畢竟，他們已不是夫妻。她好脾氣地笑了一下，說：「我可不是十八歲的小姑娘了，被你騙了一輩子，不能再糊塗著了。」說著一隻胳膊已伸進衣袖。

老蘇敏捷地一躍而起，他熊一樣肥壯的身軀，倒靈活，一手抓衣服，一手捉住梁宵的胳膊，說：「吃飽了就想跑，小娘們兒，沒那麼容易。」

梁宵無奈地笑了，說：「老東西你想幹啥呀？咱倆現在咋回事你還不知道嘛。裝多情？想再騙一場？」

老蘇膂力驚人，他也不搭話，一把把她的衣服徹底揪到手，再一把，把她的整個人，擄到了沙發上。怕不牢靠，又努努勁兒，從後面擁著，推著，把她推向了屋裡——屋子小，一張大床占了一多半，梁宵的鞋都掉了。可是她身手好，在老蘇把她摁向床時，順勢，撲向了板床又一打挺兒，鯉魚一樣躍起來，光著腳就跳到了地上。隔著床，老蘇在這邊，她在床那邊，如果老蘇跳上床來抓她，她就可以圍著床繞圈兒。如果老蘇繞圈兒追她，她便可以再躍上床……。機智靈活，鬥智鬥勇，這是年輕時她不想接受老蘇的熊抱、熊拖時，就練就的一身好武藝。

「真是個傻娘們兒，我能把妳咋的呀。不就是想讓妳睡個安穩覺嗎？看妳憔悴的，小臉蠟黃蠟黃，都沒人樣了。」

「那，你這是學雷鋒做好事，憐貧惜老唄。用床來照顧老大娘、老奶奶？」

「不怪沒人疼，一說話就讓人生氣。傻了吧嘰當女漢子還覺著挺好呢。」

「沒有好爺們兒，當然得當女漢子了。想當少奶奶，得祖上積了那個德呀！」梁宵「嘁」了一聲，又嘲諷地追加一句：「我可不像有些人，窮得叮噹響，還每天自稱老爺老爺的。」

老蘇笑了：「少廢話，趕緊的，跑騰一天了，累了。安生兒躺下，都睡個踏實覺！」

「管一飢不管百飽，自己的日子就得自己過。我就是憔悴死，也不吃嗟來之食。」梁宵說著，又一繞，一躲，一閃，衝破封鎖線一樣光著腳奔回客廳了。拖鞋找不到，她直接穿上了自己的涼鞋。那件衣服，還在老蘇的手裡攥著，夏季的薄絲，被他攥成了一小團。梁宵想了想，再回屋，老蘇趴在床上熊一樣在那伏著，攥衣服的手蜷在身下。梁宵上去，拽出他的那隻手，把合著的手指，一隻隻掰開。掰開合上，合上掰開，開蓮花一樣。「誰跟你玩呢？」梁宵一聳身一跺腳，「真拿自己當牛郎了！」

「妳也別太拿自己當七仙女。」老蘇悶在那裡說。

僵持了有一分鐘，梁宵再次回到客廳，她說：「反正天也黑著，我就穿著背心走，一個老太太了，誰也不缺媽劫。警察都不會管！」說著，女英雄一樣昂然地拿起了包，準備出門。老蘇再次一躍而起，以他壯碩的身板，從後面摟住她，兩隻胳膊箍環一樣扣到一起，像對剛才的複習，再次往屋裡拖。梁宵的表情，突然像失了電的機器人，四肢，也折了一樣放挺兒，不掙了。她幽幽地說：「老蘇，你是真拿我當傻子了，以為我真傻呢，想就這樣混，以為我好耍。」

老蘇也不動了，他的胳膊停了電一樣沒了動力。兩個人都不動，沉默著，牆上的時英鐘，嗒嗒嗒。不一會兒，老蘇感到自己的手上、胳膊上，滴答滴答，啪——嗒，大顆大顆的淚，砸落下來。老蘇嘆了口氣，慢慢地鬆開了胳膊，說：「走，穿衣服吧，我送妳。」

手中攥著的那團絲衫，打開來，皺巴得像團紙。

梁宵沒有說話，也沒去接那團皺巴的衣裳。過了兩分鐘，三分鐘，她沒有看老蘇，夜遊一樣光著腳，走回了臥室。

夜半，梁宵醒來。從前，老蘇的鼾聲是她最好的助眠，她曾跟女友楚紅討論過，楚紅說她最煩她丈夫打鼾了，因為打鼾，他們分屋而眠。梁宵和她恰恰相反，她說沒有老蘇的鼾聲，她就睡不好。婚姻裡的男人，有點像那抽屜裡的存摺，即使不花、花不著，可家裡有，心中也不慌。而抽屜空空，日子也就空了，心裡，都是虛的。一個家庭，沒有鼾聲的夜晚，還是人間嗎？和蘇錦屏分開的日子裡，她把心情寫進了日記，是幾行短句：

空空的懷抱
鼓鼓的胸膛
大地　天空
夜晚和故鄉……

老蘇翻了個身，說：「想什麼呢，趕緊睡。」又伸出一隻胳膊，摟她。這隻胳膊，永遠是那麼慷慨，只要她在，它就不遺餘力。梁宵是個淚窩淺的女人，傷心讓她又蓄滿了淚水——「珠有淚，玉生煙」——老蘇現在已經不再探討珠啊玉啊，他關心的，是每天忙不完的蘇副總編快樂充實的生活。梁宵怕淚淌出來，仰面睜大了眼睛，力使那淚緩緩地滲回去。蘇錦屏又翻了個身，肥厚的肚囊一呼一吸，好吃好睡，他的日子進入黃金期了。

想什麼呢？梁宵想起了過往的生活。她和丈夫離婚時，女兒才一歲。那時，她離婚的理由竟然是嫌他說話「土氣」。那方水土的人，管「褲兜」叫「挎兜」，短襯衫說成「半截袖」，誇能耐大的人，叫「尿性」、「有尿兒」。這一切都讓梁宵煩惱。她在工廠當資料員，看了幾本書，便自認為自己很有「文化」。她喜歡書本的世界，收音機、電影裡的人們。那時，她上下班的路上，廣播站裡廣播員的聲音，無論是「新聞和報紙摘要」，還是天氣預報，她都要站下來聽一會兒。站在馬路邊，像等人，或蹲下裝作繫鞋帶兒。「提高人民群眾的生活水準」——男播音員唸得字正腔圓，而當地的人，不是大舌頭，就是咬小字眼兒，「人民群眾」——「銀民群縱」——「提高銀民群縱底繩活髓瓶兒」。她跟女友楚紅說：「聽他們說話我咋那麼彆扭，那麼難受？」楚紅駁斥她：「不咬小字眼兒，他們家房上就長大米？而咬小字眼兒的，不照樣過日子生孩子?!」

「妳就喜歡整那沒用的！」楚紅責備她。

看書、寫詩歌、管人的聲音動聽不動聽，梁宵在這上面有精神頭兒，而楚紅認為這些都是沒用的。

離婚時，男人威脅她不給撫養費，說她好好的日子不過，自找。梁宵都答應了。楚紅知道了，說：「這下可好了，妳跟孩子天天喝風拉沫兒吧。」

倒沒有喝風，但女兒的童年，梁宵都沒給她買過整把的香蕉，致使長大了的她，對母親心有微怨。不過，梁宵的精神愉快啊，她到了省會，發現所有人說話都不再大舌頭，咬小字眼兒。相遇了蘇錦屏，他知道斐多菲，「斐多菲」三個字，被他用半英半漢的語調唸成了類似「貝多芬」的發音，洋極了！那時蘇錦屏剛離婚，帶著兒子，清貧的生活讓他擁有小夥子一樣的腰身和窄臀，什麼都沒有，就有一口白牙和一腔文藝。梁宵缺少對世俗生活的衡量，或者說，她不在乎這個。那時蘇錦屏的奶奶，勸她：「孩子們現在小，長大了就好了。」——兩個孩子都長大了，她以為好日子來了。好日子是來了，可惜，那是人家蘇副總一個人的，跟她梁宵，沒什麼關係了。梁宵在疲倦中，又睡了過去。

早晨，老蘇讓她吃早餐。她說不吃。簡單地抹了一把臉，似不經意地問：「你把我拽來，到底有什麼事？」

她肯定是希望他說，錯了，後悔了，要向她懺悔。可是，老蘇也似不經意，說：「沒事，就是看妳可憐，想讓妳來睡個安穩覺。」

「看這小臉，睡一宿就鼓溜起來了，多白。」說著還伸手摸她的臉。

她一把擋開。出了門等電梯時還在想，多虧昨晚心硬，堅強，堅持住了。不然，現在得多後悔！正這樣想著，一隻髒狗和一個女人走來，若往常，她又會禮讓狗和女人先走。可此時，那狗不識相地「出溜兒」過來嗅她的腳，她一腳把狗掀開，虛掀，狗也退後了。狗主人狂吠。梁宵嚇出一身的冷汗，但她力爭面不改色，心說我都「西點」畢業了，我還怕你們嘛。

日子在流淌，坐在會議室，「焦首朝朝又暮暮，煎心日日又年年」——梁宵想到了薛寶釵的這兩句詩，是寫燈芯的，可此時，又多麼像寫這些在座人的心啊。那個肥頭肥腦的書記，潑皮牛二一樣，耍著威風，他的每一句話，都殺氣騰騰。他告訴在座的：「雖然不點名，可是你，你，還有你，別以為我不知道——有的人，說咱們單位上班，就是浪費水電費！還有的，說我不懂藝術，行政幹部，瞎管，亂指揮——有能耐你來呀？可惜，組織上不用你！還有人扯什麼違背藝術規律——規律是個屁！打破了，就是創新，就是規律！」他瞪圓了一雙小眼睛，緩緩掃視，子彈一樣壓過所有人，多數都低下了頭。「浪費水電費」這樣的話，是梁宵說的。她愉快的精神生活，已經過去了，現實裡，這些不學無術的男人、混日子的女人，體制、事業，無效，讓她痛惜，亦難合流。紗紗和麗麗，都不寫詩了，她們覺得還是權力更管用。牛二書記到這裡來，他也不喜歡這個沒資源也不見生產力的所謂文化單位，可是，想要再跳一臺階，換舞臺，他得大躍進一樣出成績。整人，分化瓦解，也是工作的一種手段。只有把人整老實了，工作才開展得起來，大家才能聽話。比如開會，從前開個會下面嗡嗡的，現在，都老實了，低著頭，鴉雀無聲。只是這樣的會，常常讓梁宵聯想到電影上侵略者「用機關槍點名」的畫面。不獨她，麗麗和紗紗，也有此感受吧。「外行領導內行」，就是她們說的。這樣的日子，怎麼不是一種煎熬？上個月，梁宵向牛二提出了去學習的申請，自費，她想，熬過一年是一年，雖然要花點錢，花錢買來的自由日子，身心都會健康啊——不用受牛二眼珠子的掃射，不用機槍點名，一年的自由時間，讀書，學習。雖然她不敢公開說寫詩了，但是她的內心，還是渴望啊。牛二當時沒有答應，也沒有說不行，只是用那對意味深長的小眼睛，瞪著她，說：「如果人人都像妳這樣，自費就有理了，都去學習，誰來上我這個班？」

他的班，他的單位，他的家。正是因為這樣，梁宵才想老鼠一樣溜得遠一點，她感受到了牛二眼珠子的點射，趕緊把椅子向後撤了撤，凹進了人群，牛二刀子一樣的目光，就割不著她了。

一個強調紀律的會，開了一上午。

中午吃飯時，牛二還氣鼓鼓的，他說：「我們就是不允許有雜音！吃飯砸鍋，那是不行！」他和禹院長一小桌，旁邊坐著馬紗紗、牛麗麗。辦公室主任出差了，紗紗和麗麗接上了侍候的差事，端菜，遞碗，她們配合默契。牛二始終拔著腰板，紗紗俯身幫他調好了蘸料，麗麗一次性地幫他剝出很多蝦，還哄孩子一樣告訴他慢慢吃，多吃點……禹院長目前不當權，桌前顯得冷清，只是悶頭吃。被人孝敬，總是高興的，牛二的臉色，漸漸暖和起來，他賜馬紗紗，明天不用來了，不是又到週五了嗎？紗紗的兒子，在北京上學，牛二告訴她：「週五就去跟兒子團聚去吧。」一扭臉看見麗麗，也說：「老牛，妳那個什麼，不用忙了，趕緊自己吃，自己吃！」——紗紗的目標不只是跟兒子團聚，她覺得自己離副院長的職位，更近一些。麗麗呢，她想退休之前能當上主任。都是有想法的人，所以才一個像丫環，一個像老媽子。梁宵並不笑話她們，她記得麗麗曾給她看過她寫的詩：

我想帶你去遠方
尋找海　浪花
流淌奶與蜜的地方。
可是，遙遠的旅途
淚滴，打濕了野草……

即使她們現在像街道大媽，難道，不值得尊敬嗎？這才是西點生，西點畢業。西點軍校訓練的科目之一，就是你必須去做你不願意做的事；必須，打你不想打的電話；敵人是鋼鐵，你的肉身是車輪……。梁宵看著牛二越來越慈祥的臉，她也站了起來，學著紗紗的樣子，輕手輕腳，把水壺換了新茶。端端的，像當年端給父親一樣，盈盈走向牛二。

秋天時，自費學習的申請，終於獲批了。梁宵回到家，想把這份愉悅的心情，說與人聽，她把電話打給了楚紅。楚紅都當上奶奶了，幫兒子看孫子，隨丈夫去旅行，微信上每天都曬紅火的小日子。三觀不同，也不耽誤她們姐妹的情意。她跟楚紅說：「我要去學習啦，要有一年自由的好日子啦，又可以看書學習寫詩歌啦！」

這麼多「啦」，足見她的心情。楚紅的回答似乎跟她很對仗，她說：「妳還整那沒用的呀?!

妳都啥歲數了，還寫詩，讓不讓人笑話呀?!聽我的，別扯那引起沒用的啦，趕緊把日子過起來得了！」

撂下電話，梁宵對著空氣問：「我現在，過的難道不是日子？」

塔樓，老舊的塔樓，電梯前，蘇錦屏的肚囊更肥了。一根長帶兒的小「移動保險箱」，背在肩。手裡兩隻袋子，一塑膠袋肉，一塑膠袋青菜。梁宵在楚紅那兒沒得到共鳴，她的快樂依然鼓蕩，便又把電話打給了老蘇。老蘇接她電話很高興，當即表示一起吃飯！外面不乾淨，他從超市買回上好的牛羊肉，火鍋調料，說家裡吃，消停。

梁宵今天沒有像賣菜的，也不像買菜的，她穿了一身好衣裳，頭髮，也弄得齊整。老蘇說：「氣色不錯啊！」梁宵說：「我都西點畢業了，再天天蠟黃著臉，也對不起蘇校長的栽培啊。」他們的對話又被等電梯的老頭兒聽到了，他奇怪地看了他們一眼，梁宵不害羞，直直地站在那兒，沒有躲，臉也沒有扭向牆裡。

很快，一桌有酒有肉有溫度的火鍋就拾掇上桌了。梁宵還在樂，為即將到來的好生活，她高興得忘乎所以，油湯都濺到了手上，手背燙得通紅，她吹了吹，說：「沒事，〈賣布頭〉那歌兒怎麼唱的了？——『禁蹬又禁踹，禁拉又禁拽，禁鋪又禁蓋，禁洗又禁曬』——我現在就是那禁洗又禁曬——」老蘇截住了她的話頭，說：「得了，這點小事兒妳都高興成這樣，還說什麼西點，禁洗又禁曬。別吹啦！看妳這樣兒，說幼稚園畢業都有水分。」說著，自己乾下了一大口啤酒。

他們的桌上，紅酒、白酒，還有非洲產的什麼甘蔗酒，樣數很多。梁宵把甘蔗酒當飲料喝了，後反勁兒。酒精讓老蘇談興大發，梁宵則是紅臉蛋兒的熱情聽眾。老蘇語重心長地說：「其實七百多年前，那個叫白樸的老頭兒，就把人世間說得很明白了，『忘憂草，含笑花，勸君及早冠宜掛。千古是非心，一夕漁樵話』——太陽底下無新事，什麼都不值得大驚小怪啊。」

「我倒沒有大驚小怪，快一千年了，這世道還沒有變化？」梁宵像問他，又似在問自己。老蘇說她幼稚園還沒畢業，她有些憂傷。這一輩子，流過的那麼多時光，走過的那麼多路，都去哪兒了呢？她可是一直在向著人類的高級文明努力啊。不然，她幹嘛不喜歡那些管短袖襯衫叫「半截袖」的人呢？

遙遠的旅途，淚滴，
打濕了野草……

這是麗麗寫過的詩。

老蘇又說，別看日子都快過去一千年了，可事情，還是那麼個事情，情況，也還是這麼個情況——前半部分，蘇錦屏仿照的是老學究語調，低沉、酸腐；後半部，則是學趙本山電視劇上的那些男人，大舌頭，咬小字眼兒，傻裡傻氣出洋相。這是一個經典的梗。梁宵嘎嘎就笑了，她想起了老家那些管「褲兜」叫「挎兜」的男人，包括女兒的父親……。她也開始鸚鵡學舌：「事情，就是這麼個事情，情況，還是那麼個情況。」——輪到蘇錦屏笑了，他樂出了牙齦，魔怔了一樣，跟著梁宵重複——「事情，還是這麼個事情，情況，也還是這麼個情況。」——又輪到梁宵笑了。他們二步輪一樣，你說完我說，我說完你重複，嘎嘎嘎嘎，哈哈哈哈……。梁宵用雙手捂住了臉，把頭，深深地，深深地，埋向了桌子。

——寫於二〇一九年　石門
二〇二二年四月修訂

亞細亞

亞細亞的孤兒在風中哭泣，黃色的臉孔有紅色的汙泥。
黑色的眼珠閃著白色的恐懼，西風在東方唱著悲傷的歌曲……，
親愛的小孩，你為什麼哭泣？

——引自〈亞細亞孤兒〉

1

會場，低調而奢華的會場，紅色絲絨幕布上的橫幅，大大的立體白字，像浮雕。梁宵仰頭看了半天，把目光下移，就看到了前排的兩個後腦勺兒，一個是五零後老錢，他的頭頂一片荒涼；一個是七零後小趙，花白的頭髮過於濃密，染髮劑不好，潑墨般讓他頂著個黑布盔。他們一個是書記，一個是院長，來得太早了，大會要求提前半小時入場，滿堂的人，黑壓壓地坐著。按座次，他們級別相同，必須挨著。兩人還偶爾交一下頭，接一下耳，像和睦的好同僚。只有梁宵知道，他們是死敵，是正在進行中的你死我活。

選舉會，他倆都是代表。這個會結束後，老錢就將像他即將要交出的工作一樣，交出代表席位。他已經兩屆了，用小趙的話說，他能消消停停退休，別把退休生活過到監獄去，就算祖宗保佑了。

梁宵盯著小趙的後脖梗兒，說人不可貌相，千古名言啊。小趙無論從哪方面看，都是一個敦

厚、老實甚至品行端正的人，可是誰能想到，他咬人不露齒，三招兩式，就把老錢挑下馬，還摔了個四腳朝天。讓一向霸道的老錢，一手遮天的老錢，二十多年從沒輸過的老錢，今著，也用上了最無能、最無賴耍熊兒泡病號的笨辦法——泡病號回家，還能算是鬥爭嗎？要知道當初，老錢可是把自己的年齡都改成了小兩歲，還是當年的十二月底，他是準備為黨工作到最後一分鐘的。現在，他開始經常不來了，有病，辦公室門鎖著，門前走廊寂寥。而早先，他的門每天都是大敞四開的，門旁候兩排是經常的事兒。現在，他泡了病號，讓權力休息，也算繳槍不殺的一種鬥爭策略吧。

今天的會，他本可以不參加。小趙讓辦公室主任通知他一下，他就乖乖地來了。還不時地，用肩膀碰一下小趙，親昵的老友一樣。梁宵都替他不好意思，替他難過。不過，對劊子手親熱，也是鬥爭手段。老錢當了民俗館多年的書記，前兩任館長，都是他手下敗將，小趙來後，他也沒把他放在眼裡，一個胖墩墩的小七零後，能掀什麼風浪？他該坐專車還是坐專車，該簽字還是一支筆，甚至，他還想在退休前，把單位的辦公樓再裝修一遍。走廊的兩側，都已經開工了，所謂裝修，就是把從前的揭下來，再貼上去一層新的，長年烏煙瘴氣。梁宵也討厭他這樣，她曾跟同事佳寶說，直接把錢搬回家多好，大家都省事兒；年年這樣大興土木，誰都不消停。

揭牆皮的工程，在鬥爭中擱淺了。老錢那輛專車，也趴在館裡不動了。簽字的「那支筆」，現在，轉移到了小趙手上。老錢開始經常跑醫院了，說心臟出了問題，要「搭橋」。開始，單位裡騎牆頭那些，還觀望，打問，住的是哪家醫院？可辦公室主任守口如瓶，堅決不告訴。這太不像錢書記的作風了，他從前的外號叫「收割機」，辦公室主任就是他的家丁兼收割人，背後人們也叫他狗腿子。錢書記有病，他幫助接待，流水線一樣。現在，孫主任對誰都搖頭，彷彿在保守一個天大的祕密。任是有關錢書記，他一概不知，就好像，他們從來不認識。騎牆頭的也納悶兒：莫非，這是在向強勢的小趙館長表忠心？

急於和老錢撇清關係，難免不被罵薄情，可有什麼辦法呢？七零後的小趙館，實在是太厲害啦，兵不血刃，一套組合拳，也叫咬人的狗從來不叫，就讓老錢人仰馬翻。第一，小趙從經濟問題入手；第二，還是經濟，這個最好下手；第三，能把老錢整老實的，只能是貪汙腐敗。老錢在河邊走的時間太長了，別說鞋子，全身都掛滿了水珠。而小趙呢，剛來，一張白紙，人在岸上，咋打咋勝算！

民俗館，聽著不顯山不露水，很多老百姓都不知道這裡是幹什麼的，一棟灰撲撲的老樓，臨街，一樓的鋪面，一直開著酒店。地段好，生意興隆。從前是張經理承包，定期給館裡交錢，叫彌補辦公經費不足。老錢來後，把張經理給辭了，自己兼起了經理。生意是他的，單位也是他的，一鍋裡的肉，撈來搗去嫌麻煩，他就圖省事，在一鍋裡攪開了。時間久了，三產成了糊塗帳。小趙之前的兩任館長，睜眼閉眼，都惹不起老錢。到了小趙這，他可不慣著他，國有資產，帳外資金缺乏監管——哪個詞兒，都夠老錢冒冷汗的。很快，上邊就來巡查了，只查了半個月，老錢和小趙的位置，就換了個個兒——小趙辦公室門前開始排長龍，匯報請示，等接見。而錢書記呢，門前墓地般冷清。

見風使舵的傢伙們啊。

這不，大會剛散，小孫主任仄著身子逆著人流，小跑著溜邊兒貼牆，很快躥到了小趙館身邊，「趙館長——」，他叫得持重、敬愛，還有幾分親切。像他們這樣的單位，大家對上級的叫法，多是張處、李館，很少叫官職全稱，而小孫主任，他叫得莊重。接過小趙館的杯子，和腋下的包，然後不遠不近，俯在身後。

老錢看在眼裡，疼在心上，若放從前，他敢大耳刮子雷他，這麼快就不認老子了?!現在，他認命一般，兀自對著空氣傻笑，一臉的好脾氣。梁宵走在最後，她叫了一聲「趙館」，小趙明白她的意思，一般的時候，這樣的會開完，當天就可以回家，不用到單位了。他扭臉對小孫說：「今天大家都休息吧，明天，通知中層來開會。」

「九點？九點半？」小孫這個辦公室主任當得稱職，他總是能給出最舒適的選項。趙館的頭左右一擺：「九點半！」

小趙家住得較遠，還愛睡個懶覺兒，躲開堵車，睡足早覺，九點半開會，正好。

老錢近乎俯首貼耳，他說：「那我，我，明天，就不來了，去趟醫院。」

「去！該去去！」小趙昂起了頭，並不看他。「該治病治病，去吧。」

老錢得到了恩准似地，一溜小跑。趙館又吩咐小梁：「小梁，妳抓緊把『一鍋燉』材料整好，局裡讓我們這兩天匯報。」

「一鍋燉」即是單位的那個帳外帳資金。梁宵在單位的後勤科，負責寫材料。而她的業餘時間，是個文藝青年。

梁宵點著頭，她看到老錢坐進了那輛又髒又破的計程車，人都坐進車裡了，還伸著胳膊向外搖，像小孩子要離開爹娘——這個強梁，你也有今天！看來，人是怕整的，三整兩整，任是鋼鐵也扛不住。梁宵有點幸災樂禍，她不知道，籠雞有食——湯鍋近。她挨整的日子，也不遠了。

2

開著車，梁宵感嘆怎麼下了這麼點的雨，人們就像不會開車了一樣，咕咕蛹蛹，完全是蠕爬。一輛移動的抓拍警車，嗖嗖嗖，它倒暢行無阻，司機們見了它都像避貓鼠。梁宵急著去東北飯店，她的小QQ夾在車流中間，她不能去接楚漢風了，打電話讓他自己去，兵分兩路，各走各，能快些。

梁宵「嘀嘀」地摁著喇叭，下雨也不是下刀子，怎麼就都成了小腳娘娘？這裡的人真是太「肉」了。在她們老家，別說下雨，就是下大暴風雪，也該咋走咋走。那時她們還是自行車，小縣城路面墝嶒不平，雪又化成了冰，可是她們照樣嗖嗖嗖，雜技演員一樣。冰天雪地，融入到骨子裡即是鋼硬的性格。梁宵來華北二十多年了，她一直嫌老楚「肉」，性格慢的意思。她說他們華北平原，煙不出火不進，跟那風化的岩石真同步。

三游兩游，終於魚兒一樣泊到了「東北飯莊」，還隨彎取彎，停靠在了一輛大陸虎身旁。外甥出來，陸虎張開了後背箱。「喲，楝楝，你又換車了？」梁宵上去拍梁楝的肩——搆不著，他一米八多的身高，只拍到了胳膊。梁棟說：「三姨妳先進去，我媽她們都到了，我拿酒。」

梁棟的媳婦跟在後面，見了梁宵，點點頭，三姨的稱謂含在嘴裡，不願意出。梁宵知道她還在怪她這個姨婆婆，當初不同意他們的婚事。梁棟是未婚小夥兒，媳婦帶著個孩子，還大棟棟幾歲。棟棟的這輛陸虎車，應該是她買的。

請客就上「東北飯莊」，這裡盤兒大，實在，還裝修成了北大荒的模樣，大火炕，磚火牆，衛生間的門口，釘著個「出趟外頭」的木牌。東北人上廁所叫「出趟外頭」，即使後來都搬進了樓房，上廁所不用出趟外頭了，老輩兒的，也還是這樣表述。現在，異鄉的他們，看到老家話格外親切，連中原人老楚，都喜歡上了這種叫法，他心情好時，會逗梁宵：「我出趟外頭。」梁宵極快的腳步路過「出趟外頭」時，皺了一下眉，半截布簾下，飄出廁所的氣味。喜歡家鄉的味道，也是將就這裡的菜品價格低廉。

「老三，沒和漢風一塊來呀？」大姐樂呵呵地看著她。梁宵環顧——「他還沒到？可能堵車。」放下包，坐到大姐身邊，她們差了十二歲，屬相上整整一輪。小時候大姐相當於她的媽，疼她，愛她；中年了，兩人倒了個個兒，她像她的媽了，事事管著她，比如，大姐兒子棟棟的婚事、棟棟的工作等。大姐有點怕她。

「棟棟換車了？」梁宵看著大姐問。

「誰知道，開他老丈人家的吧。」大姐含糊。梁宇小學文化，後來插隊當過知青。她還是喜歡把兒子的岳父，叫成老丈人。

棟棟和媳婦進來了，他們挑了裡側最好的位置。棟棟手裡拿著一枚枚金色手榴彈一樣的東西，梁宵不知道那是酒。棟棟已經「三高」了，不到三十歲，他喝酒要喝特殊的不含什麼糖的酒。媳婦小柳家有錢，婚後的生活，每天主要任務就是吃、喝、玩，棟棟吃成了胖子，媳婦也不瘦，兩人互不嫌棄，以花錢為己任。

涼菜上齊了，服務員進來兩趟，問走不走熱菜，梁宵看了看手機上的時間，就算堵車，老楚也該到了。懶得打電話，一個時期了，老楚都是這樣磨磨蹭蹭。從前她把他的慢理解成一種「肉」，近段時間，她感覺不是這麼回事了，老楚現在，遲到，晚來，人家那可能是一種「派兒」，一種「譜兒」。因為老楚已經不是從前的老楚了，現在，他工作很忙，很重要。

梁宵說：「走菜走菜，都不是外人，大家先吃著。」

熱菜就上了。

老楚駕到時，大家起立。連棟棟，也勉強站起。大姐夫把主位，讓給了老楚，老楚還算知禮，推辭再三，坐下。三杯酒下肚，東北燒刀子，暖腸熱胃，老楚的面容，也暖和親切起來。如果按著東北的習俗，他和大姐夫是連襟兒，一擔挑兒，不用客氣的。但老楚高興，開始行使中原的禮兒——一遍遍地給大姐夫倒酒，敬酒。大姐和姐夫今天請客，老楚前不久，幫大姐要回了一點錢，大姐在一家單位做了十幾年的保潔工，臨時工臨了十幾年，單位不用她了，一分補償金都沒有。梁宵找了相關文件，要老楚求人、找人，那家單位同意補償了兩萬塊。兩萬塊錢，不夠買一件大衣，但大姐已經非常滿足了，她說這錢是天上掉下來的，一定要請老楚吃一頓，表心意。梁宵疼姐姐，她點的多是青菜，排骨燉豆角，都變成了老楚桌前的一堆小骨頭。兩個人喝得高興，東北小燒，驅寒，熱腸，大姐夫是東北人，又在鋸木車間幹過，說話習慣喊，在他的大嗓門中，梁宵她們說話都要伸長了脖子。棟棟媳婦顯然不喜歡這裡，小眉頭皺得愈加緊，如果不是愛丈夫，她早離席了。梁宵發現老楚的臉蛋也紅了，並且，嗓門也高起來，開始要酒喝。他一要酒，就是已經喝高的表現。她趕緊告訴大姐，勸他們停，可以了，可以了。

兩個人倒是聽勸，乾掉杯中酒，這頓飯，就要散席了。

到了門口，雨還沒停。大家問著各自怎麼走，梁宵奇怪，棟棟和媳婦，竟然開上車，自己走了。那輛大陸虎，像絕塵的鐵豹。她回身問大姐：「你們怎麼走？」大姐支吾著，說：「妳姐夫坐公交，隨便兒，自在。我還有點別的事要辦，你們也先走吧。」

兒子有車，爹卻要乘公交，這就是他們家的家風。梁宵看著大姐，大姐不接她的目光，她知道妹妹的心情。轉身說我要出趟外頭，又鑽回飯店了。梁宵沒有再說什麼，開動她的小ＱＱ，大姐的「出趟外頭」，可能是回去打包了，一桌便宜菜，也沒剩下什麼了，她還打包，她們家的日子，就是兒子大缸灑油，老娘滿地撿芝麻——棟棟喝的那幾枚「金手榴彈」，肯定抵過這一桌的菜價。兒子是資產階級，老爹老娘過著無產階級的生活。

梁宵心裡有氣，拉上楚漢風就走了。

老楚昏昏欲睡，梁宵問他為什麼到晚了，老楚含糊著說小呂來了。「小呂他怎麼總來呀？」梁宵厲聲問。

老楚後悔多這一句嘴。恰此時，手機響，接起，是房屋仲介。電話中，那人問他們到哪兒了。

老楚一下子嚇得精神起來，他這時才想起，跟人家約好的，兩點鐘要去看房。可是，可是，他竟然給忘了，還忘得死死的。

一處四十平米的沒有電梯的老舊房，地段好，梁宵一直捨不得賣。出租，經常是一空置半年沒人問。現在，好不容易有了個茬兒，他竟然，給忘了。

調頭往回開，大吊角，距離已經很遠了。梁宵罵著他豬腦筋，小雨，還在淅瀝瀝，路上，還是堵得一鍋粥。她命令老楚：「打電話，讓他們等，一定讓他們等著。」他們正在往回開。

老楚懶洋洋，他不願意打這個電話。

梁宵看他像沒聽見一樣，再次命令：「打，打呀！」

老楚目視空氣，拒不執行。

這時，電話進來了，仲介的說：「我們走了，還有別的房子要看。」

老楚張著手，張著嘴，張著眼睛，那隻手就像他的手機架，一直那樣端著。他知道，惹禍了。

但，他已不怕，肚子裡有二兩燒刀子，怕個屁。

「混！過日子就是混！」梁宵覺得肚子裡的氣，一下就爆開了。老楚跟她過日子混的證據，她能舉出幾十條，但此時，她已懶得一一列舉。盛怒之下，她對他下的是直接的結論、判詞，傻這傻那，如果後綴是瓜，也不算罵人，但她剽悍的本性，扮不住優雅了，她採用的語言跟潑婦罵街，沒什麼兩致。讓她萬萬想不到的是，老楚竟像給大姐夫敬酒一樣，原封不動，原版地，都回給了她，敬謝不敏。

輪到梁宵傻了，這樣的語言，在老楚嘴裡，可是第一次出現。她脾氣大，他脾氣肉，這是他們從前過日子的節奏，無論怎樣發火，老楚都不會散德性，梁宵認為撒撒潑是女人的特權，男人，一定不該嘴上薄德，更何況撒野！驚異之下，她吃驚不小，不罵了，改威脅：「你再罵，我開上去一塊撞死！」

「妳撞，妳撞，妳不撞妳不是人養的！」

梁宵徹底愣了，這，還是老楚嗎？這可不僅僅是喝了點黃湯貓尿的問題啊，他是起異心了。梁宵側過臉，怒目而視——這目光像匕首，變投槍……。可人家老楚，比她更狠、更飆，眼神一簇簇箭戟一樣回擲過來，更鋒利。綠燈亮了，梁宵剛要啟動，老蘇竟打開車門，扭著他的大胖屁股，一扭，一悠，利索地，下車了。

還「嘭」地，狠狠摔上了車門。

3

一個晚上，老楚都沒有回家。梁宵的這個下午是這樣度過的：躺在床上，像休息也似回憶，回想了自己的大半生——失敗、不幸，然後，痛恨了老楚一會兒。老楚擅花言巧語，老楚是陳世美。她也恨自己，恨自己有眼無珠，恨自己情商智商均低。情商智商這兩樣東西，是這幾年才流行起來的，從前，人們一直管這種人叫「缺心眼兒」。在她們老家，也是這樣的叫法。母親活著時，一說她直、真，心直口快，容易得罪人。她連自己的姐姐都得罪。

但她不認為這是一種罪過，相反，她覺得真誠，真心，不是一種美德嗎？如果人人都比猴兒還精，那還叫人嗎？可是，時間長了，她才發現，大多數人，都是越來越精明了，主要表現在，不說話，不說真話。如果非要說，就說點「好話」，順情說好話，會場內、會場外、單位裡，包括家人之間。「好話」得盡了好處，她這樣的呢，看不出什麼美德，倒是總吃虧，窩囊得像個弱智。

為什麼，妳一直像窩囊廢呢？她自問自答。

因為，妳缺心眼。智商、情商都低。

我不覺得自己低呀，做什麼都有強迫症呢。

妳強迫症的精神頭兒，沒往世俗上用，沒往掂量上用。

那，都用在哪兒了呢？

我用在了讀書上，寫作上。我有高遠的理想。

妳高遠的理想是什麼呢？

像個人那樣活著，有意思。

有了嗎？

還沒有。

可我一直在努力，上午在會場，看大家都夾著尾巴，我很難受。

誰不難受呢？

都難受就對嗎？

剛才跟老楚，妳還像個有理想的樣子嗎？

不像，我也羞愧。可是生活太艱難，苟活中我也整不出詩意。

那，妳現在這樣躺著，就有了嗎？

沒有，確實沒有。這樣躺下去，別說詩意，連理想，都完了！她馬上坐起來，聞雞起舞一般，到衛生間簡單洗漱，下決心趕快幹活，做「正事兒」。所謂「正事兒」，也是母親教給她的，做正派人，一生都踏實做事。正事兒就是上學妳就好好學習，工作了妳就好好工作；結婚了，男人掙錢，女人持家，好好過日子，也是正事兒。她的日子過得不是太好，自己給自己加了一項日子之外的理想，這個理想就是她心目中的「正事兒」。為理想而奮鬥，她瞧著鏡中的自己，內心對自己說：妳都這麼老了，還談理想，讓不讓人笑話呀?!

笑，就笑去。她又探前一點，右臉上有枕紋，枕巾上的條紋格，印刷刻版一樣來到了臉上。從前，她笑過錢書記，那時，老錢四十多歲，她二十歲，每天，都看著錢書記右臉上印著的方格子，尤其開會，那格子的紋理，一清二楚——只有臉老了，人老了，睡眠的印痕，才在臉上散不開。現在，她也這樣了。

老了還奮鬥嗎？

當然，理想不分老幼。

她趴到寫字檯上，整理小趙館長吩咐的材料，這點活兒，她一點都不怵。十八歲，就在工廠寫材料，那時的中專生，已是人才。她每天手持一桿圓珠筆，整本的稿紙上夾著兩頁複寫紙，要使勁兒，狠狠地使勁兒，一式材料便能出三份。辦公室當時也有一臺印表機，鉛字的，打字的小蘇天天病懨懨的，後來才知道那是面部鉛中毒。印表機沒有她的手快，寫材料，抄材料，她是工廠的一支筆。右手發達，右胳膊也比左臂粗壯，麒麟臂，是職業病的後果，和那些塵肺病比起來，胳膊粗點，不是更幸運一些嗎？她一直把寫材料，當成一種手工勞動，而不是腦力。因為，這類東西根本就不用腦，那些語言，基本不用思考，廣播裡說什麼，你就寫什麼，報紙上怎麼寫，你就怎麼抄。從前一個小米加步槍的戰士，現在，用上了電腦，那不是步槍升級為導彈嗎？嘩嘩嘩，不到一個小時，一份三千多字的文檔就成生了，雖然乾巴巴，字像一粒粒沙子，沒辦法，公文就是這樣。梁宵把文件存檔，又拷了盤，再從郵箱傳一份，這份公家的活，就算幹完了。辦公室電腦經常死機，不這樣多備幾份，很可能到了班上又是白坐一天。那些電腦還是老錢主政時買的，這麼便宜的東西，他也做手腳，多數辦公室的電腦都是擺設，很多人上班會拎自家的筆本記來用。雁過拔毛，蝨子上也能揪下個大腿兒——老錢就是這麼貪，不怪小趙整他，整死他都不多！

梁宵看了一眼牆上的時英錶，九點了，老楚還沒回來。不回正好，她可以幹自己喜歡的事兒了——梁宵想當作家，她想寫一部像《飄》那樣偉大的作品，這個理想從工廠時就誕生，一直跟隨了她這麼多年。剛敲下一行字，肚子餓了，還沒有吃晚飯。她走出書房，來到客廳，餐區撒目了一圈，沒什麼可吃的。便倒了杯溫開水，喝下；再翻出兩片麵包，吃下；打開冰箱，還有半個火龍果，也吃了。坐在那兒，愣了兩分鐘的神兒，這頓晚餐，就算結束了。

梁宵不熱愛廚房，像她不熱愛單位的鐵飯碗一樣，如果不吃飯可以活命，她一定一頓都不吃；如果不上班，不拿工資，也能活著，她肯定，一天都不願意去了，她實在實在是害怕，怕老錢、小趙他們這些人，怕那些庸碌的同事。

而當初，她可是懷著朝聖的心情，奔向這座藝術殿堂的啊。

4

單位的會議室，沒有昨天的會場氣派，癟癟的，是三間辦公室打通，後改造的。這也是錢書記的大手筆，裝修，換辦公裝備，反覆、重複地整，老錢一直大幹快上。門窗是關不嚴的，皮革椅子，是永遠散著甲醛味的。更讓人侷促的，是人與人，距離太近了，腿挨著腿，面對著面，隔夜的飯味兒，一撥撥飄過。小趙館長烏溜溜的鷹眼珠兒了，隔著鏡片，在折射著鋒芒。梁宵在邊角，她已經不年輕了，可遠觀勿近瞻的年齡，大家遠一點，是人道，也出於自尊。她努力向後挺了挺，把椅子儘量拖後，靠得遠一點。

小孫主任先哼了兩聲。每次開會，他都哼鼻子，像是鼻子不通，也可能是緊張。他的旁邊坐著小李。小李一年四季，頭髮都是打綹兒的，不洗頭髮的人，澡也就不會常洗。如果換了別人，大家都會躲著他，可小李是人事幹部，大家離不開他。他說話時，喜歡一隻眼珠兒向東，一隻眼珠兒向西，有時，也把眼球上下翻兩下，基於他的種種表現，大家背後管他叫二逼。有一段時期，小孫被叫成了二書記，小李則是三書記。那時他們都非常有權，錢書記不在時，小孫負責簽字，審批報銷。小孫那時很有二書記的樣子，天天端坐辦公室，每人報銷的單據，他一樣一樣細細審，過關了，他才簽上小孩子一樣歪歪扭扭的「孫有才」三個字。然後，小孫偶爾有事，他又把權力頒發給小李，小李是人事科的，人事歸辦公室管，這也是老錢的創意。平時跑腿學舌，小李很賣力，小孫那時是錢書記的家丁，小李就是小孫的力巴。小孫有事，就讓小李代他理政。

那幾天時間，小李的眼珠兒都翻上了天，大家平時評職稱、遞材料都要過他這道鬼門關，現在，又多了一道簽字，小李簡直是活閻王了。每每有好看的女性，到他辦公室，不管事兒辦沒辦成，摸一把，掐一下，小李從不手軟。梁宵和佳寶她們交流過，小李揩油不分老少，典型的小嘍囉作風！而人家錢書記，早都不貪女色了，錢書記只愛錢、錢。也只有小李這樣的癟三，才剛剛好上這一口。錢書記時代，小孫、小李狼狽一般，配合默契，服務錢書記，專心致志。待趙館長一到，他倆為難了，二雄並峙，虎狼爭峰，他倆每天，驚覺的小鼠一樣，仄著耳朵，看看這，嗅嗅那，不知該專心為誰服務了。今天，錢書記不在，去泡病號了，他倆都放鬆了，坐在那，氣派就像二館長、三館長。沒有書記、館長時，辦公室主任和人事幹部，就相當於大當家、二當家。直到小趙館長墩實的步子踱進來，他倆才挺胸，收腹，坐正了，鼻樑向著空氣，恢復了辦公室主任和人事幹部的姿態。

一開場，梁宵就明白了，所謂的議程，都是事前演練好的。上會，只是再演一遍。首先傳達的是昨天會議精神，這屬例行。而接下來，重頭戲，是整改，是新規，是擴大權力，是殺雞嚇猴。小趙館長，弄這套很在行，老錢已經被他整老實了，接下來，他的重點是收拾小嘍囉，建章立制，樹威。輪到說三產時，梁宵以為她完成的材料要在會上唸一遍，可小趙館示意她，不用唸，去廳裡匯報時，再說。然後他把目光就投向了小孫，小孫是一副忠誠無畏的表情，他說：「那我就先說兩句——」他手中持有幾頁打印紙，那是經研究——經趙館一人研究定下的新規。小孫說：「紅燈停，綠燈行，全世界都是這個規矩，我們要遵守，我們就是要用制度管人！」說著，他一二三四五六，開始唸了起來。

民俗館幾十年來不坐班，上班也不用打卡。現在，這項規矩要改了。小趙館長算改寫歷史的人，小孫為表明立場，唸得鏗鏘，還邊唸邊附以紅燈、綠燈的世界性準則。大家面面相覷，這時，小趙館長及時開口了，他說：「一年到頭啥也不幹，晃晃悠悠，還連個班也不想坐，你們，也太自在了吧？」

這樣問，當然沒有人敢回答。

「正高、副高，混幾年都成正高、副高了，還專家，一個個的，又是津貼又是補助的，你們拍拍良心，問問自個兒，配得上這專家嗎！」

問得大家都低下了頭，小孫、小李卻面露喜色，這正是他們平時想說而沒有說出的心聲。

「我可告訴你們，南方那邊，都打卡了，上班刷臉。現在，我們這只簽個到，如果還有人不遵守，我醜話說在前頭，上班，才拿錢，天經地義！天天坐在家裡就想月月領工資，那是沒門兒！

喊！」——小趙館長嘴角的笑變成鄙夷，他是人事幹部出身，管人，和人鬥，擅長著呢。立規矩，這只是萬里長城的第一步。聽著他的質問，除小李、小孫面有喜色，財務和行政人員心裡樂開了花，其餘的，心裡都叫苦。事業單位，行政人員天天坐班，工資還沒有業務崗位高，他們早恨透了。哼，天天東抄西抄，發幾篇爛東西，就成正高、副高的專家了，還不坐班，恣兒死你們了，美死了。現在，趙館長的新規，算打土豪，一下就把所有人打回原形，打平等了。好！真是太好了！

趙館長的鼻孔又朝向了小李，小李知道輪到他了，該他上陣了。他說：「我來給大家說說細則。」他手中的幾頁紙，詳細地說明了遲到多少次，扣罰多少錢。很多人都蹙起了眉，聽天書一樣暗暗計算著自己的得失。小李最後唸完，發現大家的表情輕鬆了，趙館眉頭蹙起，小李趕緊補充說：「扣工資這個數兒，現在只是草案。趙館長，明天我不休息了，加加班，我重新除除那個數兒，看是按崗位扣，還是按績效扣，三瓜倆棗，扣不疼他們，他們就不在乎！我重新算算，只有扣疼他們，這個規定才能有效！」

看，當著大家的面兒，小李這樣請纓，夠二逼吧。他不怕得罪大家，怕趙館不悅。

小趙館長把眉頭放開來，笑了，說：「我們這也不是整誰，跟誰過不去。沒有規矩，不成方圓。如果大家都搶行，沒有紅綠燈，那全都得玩完！所以，我們立規矩，是為大家好。請大家一定要從正面去理解。」說著，換上禮賢下士的笑容，望了大家一圈。這一望，毒日頭一般，大家紛紛低下了頭。

梁宵和佳寶交換了一下眼色。佳寶業務好，孩子小，平時，她們部門的許多事，都是她來做。

她做這些都是默默的，在家工作效率更高，因為辦公室的電腦常常死機，辦公室的女人，閒著沒事，聊家常，也不容她專心。貪大燒錢的幾個大系、大典，幾百萬花出去了，裡面錯謬百出，是細心的佳寶一行行、一頁頁修訂的。為拿勞務費，差不多全館的人都參加了這個大典、大系的編纂，裡面的章節良莠不齊，有些段落，就如同小孩子胡寫的一般。佳寶的統稿、校對，幾乎是在替大家重寫。在民俗館，梁宵只喜歡兩個女人，一個是梁佳寶，一個是武紅。佳寶有才幹，不庸俗。武紅漂亮、富有，又不跟那些無聊女人扯閒話。扣不扣錢，武紅不在乎；而佳寶，孩子小，生活擔子重，每天接接送送，正是最缺人的時候。這個所謂的規章一制定，首當其衝的，是佳寶。

小趙館長鼓勵大家發言，說：「大家的事，大家辦，有什麼意見，都提提。」梁宵就說了：「趙館長的初衷，肯定是好的，我沒有意見。只是，這樣一來，很多人就會為了點卯而點卯，大家早晨慌慌張張地來，點個卯，然後再跑出去，買菜的買菜，幹私活的幹私活，即使哪也不去，坐在辦公室炒股、打遊戲，浪費國家水電呢。民俗研究館當初的設立，國家肯定是希望出這面的人才，對民俗研究有貢獻。而現在，我們這樣機械的管理，而不是在專業、深層次上下功夫，很多人就會隨幫唱影，機械應付。長此下去，民俗館也就成天天坐著的行政窗口了。而我們，並沒有行政的職能。」

「天天死坐在這裡，把大家都坐廢了。」梁宵又加了一句。

小趙館長側過了臉，半邊在光線裡，半邊在黑暗處，他饒有興味地看著這個說話不中聽的女人。他來這麼長時間了，還沒有一個人，敢當面這樣跟他說話，況且還是一個女人。他瞇起了眼睛

——「好，好，好！」他連著說了三個「好」。此前，只聽別人說梁宵敢說話，沒想到她敢對著領導說。明天，帶她去廳裡匯報三產，那個上不了檯面的「一鍋燉」，正好，就由她來說吧。

這樣想著，趙館長的臉湧起詭異的笑容，他「呵呵」了一下，說：「連班都不上，還人才？還專業？哈哈。」

梁宵說：「研究單位就是不能量化。」

小李急於表現，他一隻拳頭捶了一下桌子，用另一隻手　點著，說：「立規矩，是全館人的心願。規矩面前，人人平等。」說著，又目光忠誠地轉向趙館，說：「明天，我就來加班，把細則改出來，非扣疼他們不可！改好了讓趙館長您過目，不滿意我再改，一直改到您滿意為止。」

真是個草包，什麼叫我滿意為止？是我想整大夥兒嗎？我是劊子手？小趙館長起身去接電話了，也只有他有這個權力，這也喻示著，這個會可以散了。梁宵看著小李的背影，想，平時說話都不順溜的小李，現在弄起整人這一套，思路清晰啊。頭髮打綹，聲音還娘，有多少評職稱受阻的人背後罵他娘們兒，可現在，趙館長一離開，小李眼神現出的，是果敢、殺伐，勝券在握地看著大家。不怪當年的一個右派說，單位裡的人事部門，就相當於那個單位的派出所！——犀利！

5

散了會，大家回到各屋，周雲腳不沾地兒，屁股和椅子都沒挨一下，又拿上一份材料，出門了。穆向麗向佳寶呶呶嘴，說：「溜鬚拍馬，也不嫌累，上癮吶。」

規劃辦——這樣一個名目的辦公室，在一個民俗單位，梁宵當初看著這塊牌子，她愣了好久的神兒：這是城管嗎？還是城建？民俗藝術研究館，怎麼能跟規劃辦聯繫在一起呢？那是她回了一趟老家，再回來，單位像換了朝代——老館長退休了，錢書記兼了館長。小孫、小李都是那一時期進來，一個是什麼技校，一個農轉非。那時戶口還是一個非常金貴的東西，能農轉非，說明孫家有人。讓梁宵納罕的，是業務部門，一劈為仨，三個變成了九個，每部門倆官兒，都成官兒啦。規劃辦，專門就是為了專人而設的，那是錢書記的什麼拐彎侄媳婦，來了半年，就休產假了。產後，再也沒怎麼上班，然後，這個辦，就落到了周雲頭上，周雲是規劃辦主任，穆向麗提拔為副主任，她們都不省油，都有幾把刷子。從前的民俗研究館就像個香火不旺的破廟，現在，一個小小的規劃辦，每天門庭若市，申報課題，選題規劃，多少大學老師要排著隊來拜……。這規劃辦雖不是那規劃辦，但權力，有一拚。

小趙館長一來，就喜歡上這個規劃辦。民俗單位搞得這麼死氣沉沉，出門開會，他這個民俗館長很多人都不知道是幹啥的，根本就沒人搭理。癟三兒一樣，活該嘛。你不把自己搞起來，自己不重視，人家憑什麼拿你當回事？周雲能幹，她不但把規劃辦辦得有了專案，還有了錢，有了權。傳統文化，只要跟這個扯上，撥款，辦培訓班，一個接著一個。忙忙活活，錢也有了，人氣也旺了——「有那麼多單位來求著咱們，審批，要課題，這一年下來，成績也有，工作也顯得沒少幹。」——周雲的思路和打法，深得小趙館長歡心；目前，除了小孫、小李，她是趙館長心目中最紅最紅的人。也正因為這樣，副主任穆向麗痛恨她。

看佳寶沒吭氣，穆向麗又加了一句：「一把年紀了，老媽子一樣天天去溜鬚，也不怕累死！」

佳寶是個不惹是非，也懶於流短蜚長的女子，穆向麗向她呶嘴，她只是習慣性地笑笑。她外表長得過於細弱，內裡，有一顆善良正直的心。有一次，梁宵趕上一件倒楣事，她負責後勤，一個合同工因為工齡問題，天天來鬧。錢書記躲，另一館長也躲。合同工農村的，幫民俗館打雜，後來他要結束這份工作，聽誰說，單位應付他一大筆錢。他就天天找，找不成，媳婦又來。他們經常樓下堵人，錢拿不到，以為是梁宵拖著不辦。這一日，梁宵正要下班，瞄了一眼窗外，天啊，那婦女，又帶著幾個大漢來了。佳寶來她屋找她說什麼事，一看這情況，當即說；「走，我陪妳下去，跟她們說清楚，沒事兒，不怕。」

一個弱女子，張著她的一口小白牙，慢聲細語，跟那個婦女講道理，跟那幾個壯漢說事情的來龍去脈。最後，她的道理還真讓那些人聽懂了，他們不再糾纏。為這點事，多少男人都早早地躲了，而佳寶這樣一小女子，義薄雲天啊。

她們的友誼，就從此結下了。

佳寶不說謊，多少次會上，趙館長問大典、大系的進度，周雲、穆向麗均謊報，唱喜歌兒，為讓小趙館長高興說假話眼皮兒都不眨。當趙館問這個月底能不能完成時，她們倆爭先恐後，都說：「能完，能完。」只有佳寶，誠實地陳述哪個哪個章節，還存在多少問題、多少錯誤……。梁宵喜歡佳寶，其實，就是認同同品質的自己。佳寶的職稱才到中級，她被別人一擠再擠，今年，她還在為這個發愁。

穆向麗沒得到佳寶的回應，她也出辦公室了。佳寶看沒人，打電話給梁宵，她想說說職稱的事。梁宵沒在，武紅接的，說可能去人事科了。每年的這個時候，都是大家心焦的時刻，從前，職稱問題是誰有資格誰報，所有人都可以申報，現在，規則改了，報材料要有名額，你就是條件再好，沒有名額，也不能報。那麼，這個名額，又是單位來掌握了，這一道權力，在人事。

佳寶來到人事科，她想看看，今年的參評條件，又有哪些變化。小李，正端然地坐著，周圍，站了一圈，男的女的都有，女士居多。不用問，都是想評職稱的。穆向麗也在，她問小李，她的職稱都評完一年多了，啥時能兌現。評上了，兌現，才能拿到工資。小李哼哈著，說：「這可別問我，我就是個幹活的。」

穆向麗又壯又高，長相也不好看，小李就給了她這個待遇。

佳寶以為能碰見梁宵，梁宵沒在，她已經從這兒，又去財務了。她昨天寫的材料，只是個大概。確定的年份，她還想再查查。趙館帶領她去廳裡匯報時，她希望自己專業一些。

剛才小李同樣給她的是哼哈，告訴她那都是老帳了，有問題到財務去問。

財務的會計和出納都沒在，他們的電腦開著，一個上面是遊戲，一個是股票，應該不會走遠。梁宵來到走廊，向隔壁辦公室張望——咦，器材室的床上躺著一個人，身軀胖胖，可是小腳靈活，正隨著耳機，用腳打節拍兒。這讓梁宵想起了當年的工廠，那時的機關，女人們手上是毛活，男人是撲克。廠長偶爾推門，趕上心情好，昵罵兩句；心情不好，會臭罵：「一個一個臭不要臉的，你們也太自在了，看共產黨把你們養的，天天上班跟大爺似的！」

說著衝上來，一把掠過，嚓嚓嚓，拔掉織針，再呼呼呼，禿嚕掉毛線——兩個月的毛活兒，算白織了。那時，老穆總是力圖用兩個胸球當武器去阻擋，她醜，又老，老廠長不喜她，躲災一樣迅速後撤。

會計從廁所出來，他可能剛洗過手，抖摟著。梁宵打消了跟他打交道的念頭，又回了自己的辦公室。

武紅告訴她，佳寶找她。

她給佳寶辦公室打電話，沒人接。

再打手機，這個手機打得及時。人事科，現在只剩了小李和佳寶。小李不端坐著了，他站了起來，讓佳寶坐，而且，還熱情地把那個大本子打開，讓佳寶看。中報材料年年變，小李可以把十個條件，分十次告訴你，也可以分二十次，看他的心情，也看交情。現在，他一次，就把所有的條件，都亮給佳寶，攤開到桌面上。佳寶拿著手機說：「我拍一下，回去看。」小李伸出手，擋住：「不行。」

「為什麼？」

「這要保密。」

「不是大家都知道的嗎？」

「可以知道，不可以拍。」小李鏡片後面，是他油膩的雙眼皮兒。

佳寶不知怎麼好了。

小李伸出左撇子，說：「就是妳吧，要是別人，我可不給他這麼看。」

佳寶知曉其意，拿手機又拍。

小李的左撇子手就從她的肩膀，滑到胳膊，說：「我可喜歡妳了。」

「辦公室，別開這樣玩笑。」佳寶晃掉那隻手。

「那，咱們開房去說？」小李油膩的雙眼皮兒蘊著淫蕩。然後，他蛇一樣無聲地貼上來，貼得佳寶一激靈，手機掉地上，鈴聲響起：「傳說在那遙遠的天上，閃耀著海的光芒。有一座美麗的城，隱隱飄浮在雲中央……」久石讓的〈天空之城〉，是佳寶的最愛，也是梁宵喜歡的歌兒。佳寶撿起手機接聽，小李訕訕笑。

6

三個人，六隻眼睛，她們對到一起，有半分鐘，誰都沒說話，互相看著，看著，武紅知佳寶從人事科出來，先開口了，說：「那個娘男人，又誇妳長得好看了吧？」

佳寶細聲細氣：「光誇還好呢，動手動腳，真缺德。」

「誇長得好看，說喜歡妳。跟誰都來這套。」武紅說。

武紅是東北人，來中原二十多年了，也沒改掉東北人的性格。錢書記在「一變仨」的改革中，也有「二變一」的合併，武紅原來是老幹部科的，把她合到梁宵這個後勤部門，算冷宮。梁宵還有寫材料的業務，武紅，上班基本是閒坐著，什麼事都沒有。武紅是那種長得大大方方、國色天香的美，鼻子、眼睛、嘴巴，沒一處可挑剔。母親那代是東北重工業，搬過來，沒幾年好日子。武紅命好，嫁了個好男人，就改變了階層。她每天好穿好戴、好吃好喝，住大房，開豪車，女人為了一點利益的雞爭鵝鬥，她從不參與。錢書記當時對她下手，也碰了釘子。一個女人的日子裡可以不圖錢、不圖利，針扎不進，水潑不進，還有什麼能將她汙染呢？你看武紅的眼睛，永遠是那麼清澈，那麼明亮；表情，也是舒展的，從不賊溜溜，更不察言觀色，跟誰去搞陰謀詭計。文化不高的她，就是命好。梁宵說：「武紅妳是八輩子修的啊。」同鄉，又一樣的性格，梁宵來到館裡後，和武紅自然成了好友。武紅的美老錢惦記過，小李摸索過，他們遭到的是同樣的回擊，一聲不大響亮的咒罵：「回家找你媽去吧。」

所以武紅知道小李這貨色。她看著佳寶微紅的臉，說：「下次，不用客氣，直接一嘴巴，我保證，他啥都不敢說。」

佳寶細聲細氣地，說：「那倒不至於，躲著他點就完了。」

「可是，妳要評職稱，得找他報材料呢。」梁宵說。

佳寶坐下來，說：「我正想跟妳商量，評職稱，這麼難。上午開會，又定了那麼多規矩。我想，要不，就停薪留職吧？」佳寶看著她倆，主要的，還是請教梁宵，這些事，武紅平時根本就不關心、不在意。

梁宵說：「別，妳可別那麼傻，停了薪，他就會再逼妳辭職。現在進一個人，混著就有鐵飯碗，賣一個多少錢呢。他們巴不得把妳擠走倒出名額呢。」

「是吶，那麼多人都混著，月月照拿工資，妳停什麼薪，妳傻呀。」武紅說。

「可妳們沒看今天開會嘛，又是考勤又是罰款的。我現在一個人弄小小，上放學接送，天天得晚來早走，這樣弄，估計我一個月也剩不下幾個錢了。」佳寶年輕的心不禁嚇，她說道。

佳寶的丈夫考去南方讀博士了，沒有公婆，目前，是她一個人持家，天天接送上小學的女兒。

武紅說：「別聽他那個，如果真按他們說的執行，器材科那個，天天睡懶覺的，他怎麼算？」

梁宵說：「可不是，我剛才路過他門口，看那小子正翹著小腳，聽歌兒打拍子呢。他平時都不怎麼來上班，來了也是躺著，聽聽歌兒睡會兒覺，敢對他罰款嗎？」

器材科那個胖小子是上面領導的什麼侄子，當年對錢書記有恩，跟趙館長，交情也不淺。趙館來了，他的覺睡得更加大肆無忌憚。私下裡大家還傳著趙館準備提拔他呢，當然不會罰什麼款了。

梁宵說：「有他比著，妳就不用怕。」

佳寶嘆了口氣，說：「那胖子雖然天天睡懶覺兒，可他到點就來，沒什麼困難。我呢，放學接小小，必得早走。」

「沒事，到時候我幫妳簽到，混一天是一天。」武紅說。

梁宵抬起眼睛，茫然地看著空氣，她說：「越這樣整，那些假積極的，就會越表演，都忙成戲精了。剛才，我看在趙館辦公室，小周正欠著屁股伸脖兒匯報呢。有事沒事，天天湊領導，一個專業研究單位，都整成街道大媽啦！」

武紅說：「可不是，我看小趙館那股狠勁，跟我們原來的土匪廠長差不多，別看他戴著眼鏡，天天還彬彬有禮的。」

梁宵笑了，她說：「妳咋說得那麼對呢，我每次看見小周，都會想起當年我們廠裡的打字員周韻。穆向麗，跟我們那時管計劃生育的老穆也一模一樣。她們沒文化，幹面子活兒，事事搶尖兒，全部功夫都用在會來事兒上。那時，我拚命想躲開她們，嫌她們庸俗，嫌她們不學無術。現在，我看咱們這些識字兒的，比她們一點都不差，更雞賊！」

「可不是嘛，」武紅說，「連巴結的手段都沒啥兩樣。」

7

「我不死，我要活。想要逼死我，瞎了你眼窩。」——林場俱樂部剛演完《白毛女》，小周和老穆都在猜那個演喜兒的多大了，一個說她一臉的褶子，蓋著的粉直掉渣兒，一個說光看那脖子，年齡也不小了。「這些演戲的，就是耐裝嫩。」——老穆批判。她和小周本是死對頭，背後，她管周韻叫人精，周韻叫她老妖精。她們只有在討論不關己的事兒時，才一唱一和。

小梁趴在辦公桌邊寫材料，她非常喜歡那個女演員，她喜歡她的長相、表演、唱詞、舉手投足，什麼都喜歡。尤其是當白毛女把長髮一甩，兩手一扽的造型：「我不死，我要活！」——小梁迷死了。女演員是場裡的女工，演出是業餘。場俱樂部平時用來開大會，節假日演出。八十年代初，批判會少了，文藝宣傳隊上臺演節目更多一些。觀眾即是場裡的職工，也有家屬、孩子們，都是免費的。女演員是鋸木車間的「下鋸」，她平時無論是唱歌還是拉鋸，都非常有力氣。小梁常常以下車間的名義，去悄悄地看她，覺得她哪兒哪兒都好。歇工時，女演員會把一條腿舉到鋸架上，腰，也彎過去，頭和腳抱在一起，像一隻瀕死的天鵝——她在練功。小梁久久凝視，眼裡蓄滿淚水……

周韻說：「看那大腳片兒，跟蒲扇一樣，還跳芭蕾呢。」說著，她拿起一摞白條兒，出門去報銷了。這是老穆最恨的行為，因為她知道，當她再回來，手上的白條，就會變成嘎嘎響的鈔票了。老穆向小梁呶呶嘴，說：「看，看，小妖精，又拿白條兒換錢去了。」

周韻是辦公室的打字員，她有辦法把家裡買日常用品的費用，開成辦公用品，然後成功報銷，換成錢。老穆眼熱的就是這個，老穆認為周韻有這個本事，全憑她長得俊，也會撩騷兒。老穆平時的任務，是看管好全廠一千多號女工的肚皮，如果看得好，沒出計劃外生育，到年底，她有一筆不菲的獎金。反之，扣工資加罰款。她被扣罰時，割肉一般，農村婦女一樣坐在地上，高聲哭嚎：「這哪是人幹的活兒啊，缺德做損，一年到頭跑斷腿，還扣老娘的錢，這是遭了什麼報應啊！老娘不幹啦！」——在她的哭嚎聲裡，廠長讓小周傳一句話：「不願意幹走人，有的是人願意！」

老穆就麻溜兒地站起來，撫捋撫捋屁股上的灰：「老娘都這麼大歲數了，不幹，回家吃？美的你們！」

小周確實漂亮，冬天裡穿著大棉襖、大棉褲，那婀娜的身段，依然盡顯。大辮子在身後一搖一擺，老穆管這叫浪，說：「小周會浪。」周韻跟廠長的關係非常好，跟書記，也不錯。她最大的特長，是能跟所有人都處好關係。老穆也想學著小周，往廠長的屋裡湊，但總是被廠長轟蒼蠅一樣擺手把她擺出來。

周韻回來拿什麼東西，手中還捏著那疊白條。老穆問：「廠長沒在？」周韻說：「嗯。」她低著頭，突然就打起了噴嚏，連連地打，她躲開了桌上的打字機。「這鉛字兒都洗過好幾天了，汽油還這麼嗆。」說著，她拿出衛生紙，擤擤鼻涕，又擦一把湧出的淚，說：「老穆，妳還說妳那活兒不是人幹的，我這活兒，更要命。上回醫生都說了，老聞這味，鉛中毒。」

「那咱倆換換唄？」老穆挑戰。

「那妳得問問廠長、書記。」周韻拿上什麼東西，攥在手裡看不見，邊走邊說，「他們同意，我就換。」

背影，都是得意。

老穆啐了一口。她知道，廠長、書記不會同意。

外面飄起了雪花，下班時間尚早，小梁拿過一本稿紙，再打開一盒複寫紙，上下夾兩頁，這樣，她抄出的季度總結，會一式出三份。寫材料，抄材料，這是她的工作。不抄材料時，她會抄詩歌、名人警句啥的。她認為這樣抄下去，會抄成作家，這是她的夢想。

「浪逼，又鋪床疊被去了。」老穆用織針狠狠地戳了幾下自己的頭皮，不抓女工肚皮時，她就打毛活，也算為家裡略有添補。

早上給廠長打開水，下班前，幫他整理整理床鋪、清倒垃圾，這是小周的特權，老穆想奪，沒份兒。沒份兒，心就毒，毒汁流到嘴上，變成穢語。小梁年輕的心靈還空如白紙，老穆這樣的判斷，引不起她的共鳴；她的心思，還停留在《白毛女》裡的喜兒；她喜歡藝術，喜歡舞臺上的世界，不喜歡眼前這兩個妖婆。

小梁每天除了抄材料，就是盯著廠門口的門衛房，她在盼著那個老郵差。因為她寄出去了一些詩歌，那是她的理想。她在盼望老郵差的消息。

沒得到回應，老穆並不生氣，她從帆布包裡抓出一把蒜，說：「我昨天從市場買的，冬天冷，蒜賣得死貴！給妳幾頭。」

她是她倆的統戰對象，老穆不在時，周韻也這樣。

小梁推回去，說：「穆姐，我不要，我媽都買了。」

「小丫頭片子，妳是吃糧不管穿。還是有媽好哇。等妳結婚了，柴米油鹽，就知道啥都往家劃拉了。」老穆說。

說著，老穆開始裝她的包。梁宵看到，老穆的帆布包，像一隻張開大口的怪獸，什麼都吃——桌子上的釘書釘、墨水瓶，還有稿紙什麼的，都吸進了嘴裡。下午老穆跟辦公室要稿紙，說做這個月女工流產的明細帳，現在，她把稿紙都拿回了家。她家有三個孩子，小學、初中、高中，三個學生，老穆在靠這些雞毛蒜皮來貼補家用。裝完這些，她還一彎腰，掏出櫃子下面的一大盒避孕套。裝這個有什麼用呢？她都那麼大年紀了。周韻說過，她是把這些東西拿去藥店賣了。

「蝨子也能掰下個大腿兒。」周韻瞧不起她。

周韻還說過，老穆在市場裡買織針，都要多「順」人家一根。買雞蛋，也偷，曾被人逮到打起來，全身流淌雞蛋黃。最好下手的是蔥蒜薑，每次買都多順人家幾頭。小周跟梁宵說：「偷蔥偷薑偷蒜，妳要是偷，就偷點金子、銀子的呀，專門偷這些，妳說她缺不缺心眼兒！」

這也是周韻的價值觀。和老穆相比，周韻做什麼都是大手筆，最光輝的一次，她把她家房子裝修改造的錢，都開成辦公發票，報銷了。那一筆，相當於老穆幾年的工資，老穆眼睛都氣紅了。只有更狠的罵幾句「浪逼」，加之搬些辦公用品回家，也算解氣找平衡了。

「妳也早點回家吧，姑娘家家的，走黑道兒，不好。」老穆說著，摔了摔她的棉手悶子。東北人的冬天，兩隻大棉手悶，像兩隻熊掌；非如此，手會凍掉嘍。

梁宵點頭，她站起來看窗外，窗上的霜花，已經再次結冰，看不清外面了。她拿著塑膠尺子去杵，杵不動，尺子嘎嘣一聲，折了。

看來老郵差今天是不來了。梁宵戴上棉手悶子，想到小周姐還沒回來，她抓起她桌上的那嘟嚕鑰匙，心想給她送過去。走廊上，已經沒有什麼人，這裡的冬天四點鐘天就黑了。敲廠長屋的門，沒人。她想起老穆問過廠長今天不在。又去敲書記的辦公室，也沒有聲音，她心想：「小周姐不該走啊，沒拿鑰匙她怎麼回家呢？」這樣想著，她就跑到外面——辦公室都是平房，扒窗臺就能把裡面看個清楚，小梁看見了窗簾縫兒透出的光，一隻單人床，被子下的三隻腳……

8

慌不擇路，她都忘了去門衛房看有沒有盼望的信。她的家在道南，道南道北，是一條鐵路線的分割。小梁騎自行車的兩條腿，軟得厲害。回家的路上，還要經過一個朝鮮村，也叫小屯子。小屯子道路崎嶇不平，畸裡拐彎。朝鮮人喜歡養狗、吃狗、殺狗，他們常常養豬一樣，把狗養肥。養肥的狗吠起來特別厲害，要吃人一樣，梁宵膽顫著，心想早點走好了。車鏈條的嘩啦聲，加劇了狗吠，梁宵心驚肉跳，兩隻棉手悶子笨拙地扶著車把，黑暗中眼睛盯著黑暗。突然，一隻戴著棉手悶子的大手，連同胳膊，像一柄巨戟，黑暗中斜伸出來，把她連人帶車，悶翻在地。

那時，電視還沒有普及，消息的傳播，靠的是人們的舌頭、嘴。小屯子，一個女工，下班，被人給禍害了。

「禍害」一詞，遠比強姦想像的空間更大。人們說，一條小道，瀝瀝拉拉，雪都成紅的了，像一條大蟒蛇，一直伸到了道南……。梁宵確實是爬回家的，她的車子被搶了，人，也成了一隻只有少少米的麵袋兒，母親見到她時，驚駭地叫了一聲，就再也發不出聲了。

父親在南方，駐紮南方幫老客兒調木材。大姐是知青，已遠嫁。家中，就剩了這對母女，攤上災事，是鄰居幫發的加急電報，父親回來，已經過去一星期了。梁宵的體症表現，是經血不止，醫生說是嚇破膽了，要觀察，觀察一段再說。

觀察了一個月，血斷續地流了一個月，像婦女們懷孕的流產。再觀察，再等，那血終於是停下來了。停了，就再也不來了。一個月不來，兩個月不來，三個月，半年，都沒有。這時醫生告訴她，她可能一輩子都不會生孩子了，沒有經血，子宮也沒用了。她已經成了石女。

廠裡給她記了工傷。

也抓到了那個人，異族，有精神病史，強姦過自己的母親。現在房有一間，命有一條。母親已死，他若進精神病院，沒有人給他簽字，也沒人出這筆費用。梁宵要認倒楣。管人事的趙歪歪告訴她：「算公傷，撿大便宜了，有事，廠裡養著，還咋的？」

梁宵的父親拿了把斧子，幾次堵在小屯子，他想劈了那傢伙。瘋子沒堵著，劈了幾條狗。梁宵的母親怕賣一個搭一個，好歹，把父親勸走了，又回南方了。

大姐回來，她說最好的辦法，是把老三調去南方，因為，老三將來，還要結婚，成家。如果她不能生孩子的事讓人知道，誰，還會要她？

梁宵說：「臭男人我還不想要呢。」

在中原上大學的二姐，寫信寬慰了她。她告訴她，女人一輩子不結婚，沒事，在城裡頂多被叫個老姑娘，生活照樣過得好。

那時，二姐的信是她的燈塔，當她面對別人的竊竊私語，老穆和小周的鬥爭，她暗暗把她們喻為「類人猿」——一群沒進化好的人類，一群愚昧落後的生靈。她要離開這裡，到文明的地方去，她嚮往藝術的殿堂……

趙歪歪是人事幹部，大家傳他跟車間的工資員小胡有一腿。「這個跟那個有一腿，那個跟這個有一腿」，這是這裡對男女關係的形容。梁宵害怕聽到這些話，窗臺下的三條大腿，三隻腳丫，黑暗中雪地上的兩條腿，兩隻比腿還粗的胳膊……。腿、嘴，人們每天就是這些。小周的那嘟嚕鑰匙，後來，也不知道被她丟到哪裡去了。小周，又是怎麼解決的回家、回辦公室？她們，誰都沒有再提起，就像從來沒有丟失過。

「調工資啦，調工資啦！好事兒，好事兒！」趙歪歪在挨屋通知，他歪著脖子，仄著耳朵，晃晃悠悠。耳朵是感冒發燒打針打壞的，耳朵壞了，導致脖子也歪，大家背後叫他趙歪歪。他來到小梁她們辦公室，小梁工齡不夠，本不在普調之列，但因為工傷，趙歪歪通知她是組織照顧的對象。梁宵說了句「謝謝」，趙歪歪學著電影上惡霸的派頭，到小梁的下巴上兜了一下，說：「光謝謝就得了？」

老穆一把打開他的手，說：「免子都不如。」

這時，一個尖利的女聲在走廊響起，是車間的工資員小胡，她來找趙歪歪。每月做工資表，都要經趙歪歪過目。她大聲說著要先找趙科長，先給他們看看，別做了半天，白做。

老穆話裡有話：「小胡，妳上班啦？」

「不上班誰給錢花?!」小胡的回答很乾脆。

「呵呵，我還以為，妳得休幾個月呢。」老穆就是討嫌。前幾天，小胡和老趙在車間倉庫裡，被小胡的丈夫發現了，現場放走老趙，把老婆打個半死。人事幹部惹不起，窩囊氣雙倍給了老婆，大家說，小胡的下體，都讓皮帶抽爛了。

「休幾個月妳養我？」小胡還是像沒事人一樣，跟老穆對付著。

「妳們車間那個誰誰誰，她說休病假，不是偷著出去養孩子去了吧？」老穆問。

「這，妳可別問我。她們肚子裡的事兒，我不知道。」小胡沒心思跟老穆閒扯，她轉身扭住了趙歪歪的胳膊，說：「趙科長，走，上你辦公室，我們的工資表，你得給看看。」說著扭自己丈夫一樣，擁著胳膊就前行了。

老穆對背影呸了一聲，說：「浪貨。」

同樣罵她們浪，恨度卻降了一個等級。老穆對小胡，沒有像對小周那樣苦大仇深。身體弱下來的梁宵，開始寫書了。她喜歡上了魯迅，魯迅那些話——

「去了這心思，放心做事走路吃飯睡覺，何等舒服。可是大多數人，他們本是父子兄弟夫婦朋友師生仇敵和各不相識的人，都結成一夥，互相勸勉，互相牽掣……。」

「自己想吃人，又怕被別人吃了，都用著疑心極深的眼光，面面相覷。……」

「瘋子問那年輕人：從來如此，便對麼？」

「那人回答，我不同你講這些道理；總之你不該說，你說便是你錯！」

——她抄了整整一本。

9

老式的捷達汽車，裡面一股黴味。空調的冷風，送出的是混雜著塵土的煙味兒。進入七月，這個城市就熱得不行了。司機一聲不吭，副駕上坐著的小孫，也目視前方，一心一意思考的樣子。司機的背後，那個最安全的位置，則坐著趙館，他的右邊，是梁宵。梁宵臉上打著厚厚的粉底，夜晚沒睡好，力圖遮掩憔悴。

這麼近的距離，和在會議室一樣，近瞻，人是不舒服的。儘量小趙館並不看梁宵，但梁宵是個有著近乎病態自尊的女人，自尊、自重、離領導遠點，這是她的習慣。而這些，在小趙館長眼裡，是古怪、傲慢，不把上級放在眼裡。小趙館長討厭、整治的，也正是他們這類人。

「一鍋燉」的匯報材料，已經按著要求，修改了好幾遍。當面匯報，木偶一樣向上級唸那些數字，她也跑了三次。不行，不過關。她覺得無聊，小趙館卻樂此不疲。錢書記泡病號，在醫院已經泡累了，回家休養。他留下的這個爛攤子，像小趙的戰場，隔幾天，吹一次號角，顯得精神，有事兒幹。他每次去上級機關，都拎著梁宵，不是提攜，是整治，她算知情者。老錢主政時，小梁在後勤科，最早老幹部待遇等問題，都是梁宵他們辦。老錢當權後，他不但親自抓「一鍋燉」，他還親自抓老幹部的出遊。每年定額的那點錢，老錢一分一分花得仔細。小梁她們呢，閒下來，這也正合了她的心意。那時，她的理想還飄在天空、遠方，她寫詩，像當年在工廠一樣，等待郵差。郵差是她生活裡的一道風景，一個盼望。

誰能知道當初老錢肥吃肥喝的一鍋燉，現在成了雷呢。老錢躲了，小趙館讓她頂著，天天跟著瞎跑，匯報那空洞的、上級也懶得聽的報告。小趙館把這個燙手的山芋當成石頭了，一石二鳥，他可以以此，擊落很多鳥。凡是老錢時代的，都要一個一個過關。上次開會，梁宵當面那樣頂撞他，如果不是老錢一夥兒的，敢這麼大膽兒？他不知道，小梁和武紅背後無數次地鄙視老錢，罵他收割機，他把老錢整翻的時候，她們還幸災樂禍。可現在，小趙就把梁宵當成老錢一夥兒的了。「哼，他跑了，回家歇了，你們，想消停，沒門兒！」

很遠的路，老捷達走走停停，囚車一樣悶熱。梁宵很煩，也厭倦。她不理解，本來很簡單，甚至很安寧的工作，為什麼，小趙要弄得這樣熱火朝天！她回想剛來時，是怎樣的一腔熱血呀。像獵獵旌旗，理想和希望在高空的美麗雲層，飄蕩。可是，工作了一段時間，她心下納悶兒：工廠，要出產品；而這裡，大家要出什麼呢？多數時候，見人們只是坐著，喝喝茶，聊聊天，購購物。有能耐的科室，弄下項目，整來撥款，大典、大系地一通編，裡面錯別字連篇……，一切都比當年的工廠豪奢，一切也都沒有人真正負責。當年的那個國營工廠，早黃了，場院裡養著藏獒。人事科長趙歪歪、偷情的工資員小胡，據說，他們後來真成了一家人，跑到南方去了。民俗館這樣的單位，會不會，未來也黃了呢？梁宵想。

小趙館像是能聽懂腹語，他不動聲色地瞟了梁宵一眼。這個古怪的女人，這個一輩子沒生孩子，有家也像沒丈夫的女人，不怪她格色，上天讓她搭錯了哪根筋，她跟別人這麼不一樣？上次單位開會，宣布新制度，梁宵當場說的那些話，讓他覺得她有當烈士的潛質。現在開會拎著她，就是希望這個女壯士，能大膽揭發，勇於陳情，講出「一鍋燉」的前世今生！

梁宵像是也聽懂了他的腹語。哼，拿誰當傻瓜啊，我再傻，也沒傻到這個份上啊。你們都裝聾作啞，還要拿我當炮灰，我不明白嗎？再說了，你們鬥，就鬥唄，把別人扯進來，太不厚道。

梁宵嘆口氣，說：「其實，咱們單位的三產，這個一鍋燉，每次，由您匯報才是，總叫我來，不是白費時間嗎？」

小趙館正義滿滿地說：「妳是當事人，妳就實話實說！」

「要說當事人，錢書記才是。您應該讓錢書記來。」

「他不合適。再說，他有病了。」

「那就等他好了，再來匯報。」

「小梁，妳這種工作態度就不對了，上級的要求，我們能不顧嗎？妳還有沒有點組織觀念？」小趙館有點不耐煩。

梁宵說：「電話裡就能說明的事，卻一次次來跑腿兒，裝作匯報，費車又費油的。大老遠的，堵車遭罪……。」梁宵開始發牢騷了，車裡的汗味兒、塵味，實在讓人窒息。

小趙館長把臉扭過來，臉上的表情是那天開會的升級版，他驚奇、怪異，不相信眼前這個女人，敢對上級這樣說話。她腦子有毛病嗎？還是缺心眼兒？譏諷、挑釁爬上了趙館長的臉，他說：

「要不，小梁同志，您下車吧，也回家歇著去。我們倆，我和小孫，前去匯報。」

他像請示一樣，微笑著。

「我們替妳去匯報。」他又加強了一句。

梁宵拿過手包，整理一下裙子，她信以為真，準備下車了。

趙館長的臉鐵塊一樣沉下來，他說：「其實，小梁，妳不該端體制的這碗飯。妳那麼有本事，應該辭職的。辭了職就自由了。混在體制內，吃國家的，用國家的，還不聽組織的？吃肉罵娘，砸碗喝湯，做夢！」

梁宵定定地看向他，說：「你應該混在體制內，因為你天天哄娘高興，端碗喝奶，悶頭吃肉，吃肉還不吐骨頭——」

「停車！」不等梁宵說完，趙館長叫了停車，他的手掌向外一搧，示意梁宵下去。鏡片後鶻一樣的目光，逼得小梁一股冷寒。

梁宵被卸車了。

前排的兩個後腦勺，一直端端地坐著，像什麼也沒發生一樣。

10

站在路邊，熱浪像汽車的尾氣，呼呼舔著人們的胳膊、腿。整個空氣，像在燃燒。梁宵看看兩側的巨幅廣告，壓得人透不過氣。這裡，已經離家很遠了。若坐公交，要倒兩次。打出租，估計得大幾十塊。梁宵一狠心，一百塊也坐。小趙館把她當土豆一樣卸了車，是因為她不聽話，不想再當女黃繼光。她不願意再給老錢堵槍眼。快到家門口了，小趙館那諷刺的微笑，還掛在嘴角。梁宵的後背一陣不舒服。當她用鑰匙打開門，更驚駭的一幕發生了——她看到，客廳的沙發上，坐著兩具光溜溜的身體，老楚和小呂，他們人體雕塑一樣，抱坐著。

早上出門時，她說過下班直接去大姐家，現在，她才想起，因為被卸車，她竟忘了去大姐家，直接回來了。大白天的，見鬼了。梁宵沒有尖叫，也沒有哭嚎，她驚詫地看了他們一眼，再看一眼，自己都不好意思。他們倆，也不好意思了，坐在那兒，半天沒動。是梁宵轉過身，出門，又把門關上了，他們才恍然，完了。

從前，小梁一直以為他們是老鄉，好哥們兒，誰知，還同性戀。

怪不得他將就了我的不生育。梁宵想。

梁宵晃晃悠悠地準備坐公交，去大姐家。走了幾步，大太陽曬得她兩眼發花，怎麼還捨不得打出租呢？連孩子都沒有，省下錢給誰呢？真是腦子殘掉了。這樣想著，她向一輛計程車招了手，上去，車裡跟外面的空氣差不多，計程車在這個城市除了快，沒有優勢，總是又髒又破。大姐前幾天找她，說商量棟棟的事。棟棟在一家國企，嫌效益不好，他想進公安局。大姐覺得梁宵和老楚都是公家的人，讓他們想辦法，或許有門路。

梁宵進了門，失魂落魄的，大姐問她：「生病了？」她說沒有。然後，就把她看到的，跟大姐說了。這超出了大姐的認知，她一個勁地說：「男的？男的？有老婆還跟男的？那，那，那不是流氓嗎？從前，這樣的都送派出所，蹲笆籬子呢。」

大姐管監獄還叫笆籬子。

她有點後悔跑到這裡來。遇到這樣的問題，她應該找二姐，去二姐家說。可是，二姐已經隨二姐夫，去了國外。那邊跟這邊有時差。她啞巴一樣待了一會，嘆口氣，就走了。

梁宵走在明晃晃大太陽的大街上，她又給佳寶打了電話。大中午的，佳寶一接電話，猜她有事兒，問她：「宵姐，是不是妳有事了？」

梁宵停了一秒鐘，兩秒鐘，終於，說：「沒事，是不小心碰了手機。」

她又打給武紅，說：「老楚不端。」

「他外面有人了？」

「在家裡。」

「還領回家了?!」武紅驚詫。

梁宵突然覺得再說下去沒意思，像剛才對大姐一樣，她對著天空搖了搖頭，說：「不是，嗯，是——以後再說吧。」她掛斷了電話。

武紅又打過來，說：「要不，妳來我家吧？在我家住都行。」

梁宵搖頭，說：「我還有別的事兒。」

武紅叮囑她：「可別想不開，這種事兒，哪家都避免不了！」

梁宵沒有心思再說別的，她找了家賓館，住下。當天晚上，賓館隔壁的男女聲，讓她煩。坐起來，突然想到，家裡那處沒有租出去的小房子，不是還空著嗎，何不，到那裡去生活？

11

老楚把梁宵找回來，已經是一個多月後的事了。兩個人的狀態，完全像兩截木頭。老楚的那雙大手，想試著像從前那樣，扳她的肩，摟她的背，她都像看到兵器一樣，凜然地盯視著他：「別動，別動，別碰我。」

不知為什麼，他們都很羞愧。

羞愧無言。

在外人眼裡，他們一直是般配的一對。當初，梁宵大齡未婚女，老楚光桿教授，窮且益堅。一個有學問，一個有理想，他不嫌她老姑娘，她不嫌他窮光蛋，兩個人一聊，挺有聊頭，就很快結了婚。婚前，梁宵勇敢地告訴了他自己的過去，老楚沒嫌棄，還很同情，一點猶豫都沒有。十幾年的時光，她們沒有孩子，就過著二人世界。偶有無聊好事者，梁宵也不為自己的不能生育而心虛，她覺得這樣的生活，挺好。心裡稍有過不去的，是對老楚，覺得老楚一個健康男人，犧牲了更多。可原來，老楚是這樣啊！

「老楚，這才是你找我的真正原因，對嗎？」

老楚垂著腦袋，不動。

「老楚，即使咱們分開了，以後也要像親人，互相善待，好嗎？」

老楚抱著腦袋，無聲地哭了……

這幾年，梁宵一直以為老楚是官升脾氣長，對家裡越來越冷淡，越來越有架子。從前，他一個美術館的教授，畫的畫也不值錢，沒人理的，一年四季，都在家吃飯。誰知，時光流淌，老楚成正處了，管專案的主任。這一下，人重要起來，老鄉會、同學會，走動最頻繁的，是小呂。小呂之前也來過家幾次，梁宵一直以為他是唱戲的，走起路來風擺楊柳。梁宵不喜歡小呂。上次老楚吃飯遲到，路上摔車門，梁宵以為是提個小破官兒燒的，得瑟。後來，還懷疑過他外頭有人，掌了一點小權，貪女色。現在，謎底揭開了，梁宵覺得胸膛裡的那顆心，和全身瀰漫的，叫感情的那種東西，凝固成塑膠。

日子，是回不去的，就像人體離開了子宮。

12

「富人思來年，窮人顧眼前」，十一月份不是個好月份，評職稱，選先進，評優秀，評——它讓所有的人都焦慮。佳寶按著小李的指示，費心費力準備的材料，終於湊齊了。昨天，小李告訴她，職標不夠，她不能參評。

也就是說，她的這堆材料，白忙了。

白盼了一年，白等了一年，也白白，讓小李折磨了一年。佳寶沮喪地來到梁宵辦公室，報告了這個不幸的消息。梁宵呢，此時也正一臉難過，因為她的擅自離崗，那天下車就算離崗，還有一次沒有按時銷假，單位出臺的那個扣罰制度，正好對應了她，她不但沒有年底的安全獎，連她這個月的工資，也扣掉了七百塊。正像小李所說，扣疼了他們，就長記性了。梁宵沒有職稱，一直是行政人員，工資不高，這一扣，確實挺疼的。

小孫主任讓她在表格欄裡簽字，她氣得手都哆嗦了，不簽。

「簽不簽，都不耽誤結果。」小孫主任告訴她。

武紅今天沒來，又隨丈夫去三亞休假了。佳寶和梁宵兩個人對坐著，沉默著，她們知道，今年的職稱，是器材科那個天天睡覺的胖子，有資格申報，還評上了。真荒誕！可梁宵和佳寶，都沒心思批判這荒誕了。佳寶坐了一會兒，輕聲問：「是不是，家裡的生活發生了變故？」佳寶問得很含蓄。

梁宵答非所問，她說：「我現在越來越覺得，這裡，跟我們原來的工廠一樣。所不同，是小趙館比那些廠長手更黑，心更狠。那些土鱉廠長，是水泊梁山式的吃法，而咱們這兒，他們，講究刀功火候，細嚼慢嚥……」

「有文化的賊，更可怕。」

「全都一樣。是制度，框逼出人的惡。」

她們兩個像思想家，說著沒頭沒腦的話。

「聽說，那個胖子，他爸就是當年提拔小趙館長的人，他們是乾爹、乾兒子的關係。」

「文化成了江湖，江湖回報。」

又坐了一會兒，她們聊到小小，佳寶的女兒，佳寶的眼淚才開始一對一對兒地往下掉，她說：

「這一年，為了不遲到、守紀律，聽他們的話，小小，可受了老委屈……。有一次，沒按時接上孩子，差點丟了……唉。」梁宵起身給她擰了塊熱毛巾，佳寶傷心的淚水像小溪，一會兒就把捂在臉上的熱毛巾變涼了。

有人哭，就有人笑。周雲好身手，終於備上副處級的後備了。在這個單位，她只須把小趙館長一個人搞定，就平定了天下！

錢書記，已經徹底在家歇了。只要一鍋燉的問題不解決，他就一天不願意到單位來。一鍋燉像一隻伏在門口的大狗，有它在，他就永遠躲著。

穆向麗也如願地升為了主任。穆向麗丈夫有能耐，她在和周雲的競爭上，小周靠心術，她則靠的是硬通貨！她丈夫這個靠山。大家背後都這麼說。

在這一個月裡，周雲還被評為優秀黨員，有貢獻的專家……，她的榮譽真是太多了，每天都熱情地請示工作，謀劃思路，規劃辦被她弄得風風火火。民俗館，再也不是無人理的破廟了，現在，熱鬧的行政大廳一樣，每天，都人來人往，主要是跑項目、要課題的大學老師。

這個月也是小孫主任的好月份，老錢繳械了，他輕鬆，沒有負擔了，光侍候一個館長，省事多了。再也不用騎牆，不用見風使舵，說話不緊張，他哼哼鼻子的毛病也消失了。

小李呢，在這個月也是他的黃金歲月，所有的人，所有科室，都要頻繁找他、求他，葵花向太陽一樣。頭髮都懶得洗的小李，天天都是金燦燦的大太陽！

「我看見他就噁心！」佳寶吸了一下鼻子，擦乾眼淚。

「是，不咬人硌應人。」梁宵接過毛巾又倒上熱水，擰乾。

「梁宵姐，我想好了，不在這兒混了，趁著年輕，我帶小小到她爸爸那去。找一份什麼樣的工作，也比這地方把人待廢了好。」佳寶說。

梁宵落寞地看著她，說：「是，一晃，人就老了。從前，我像妳這麼年輕時，每天，只是瞎想，不敢行動。妳看，現在老了，小趙館那麼激我，別端這個飯碗，我都沒脾氣了，餘下的，只是苟活。」

佳寶說：「可別那麼說，梁宵姐。我覺得妳是咱們館裡，最有理想、最有文化的人了。他們不懂，不用跟他們一般見識！」

「再說了，咱們全館，有幾個是有理想的呢？」佳寶天真地望著她。

梁宵嘴角湧上那天和小趙館長一樣的微笑，她不知這是諷刺理想，還是嘲笑自己。她記得當初她在日記本上抄過一句話：「為理想而奮鬥並不可怕，可怕的是你眼睜睜看著它成為笑談。」……

13

早晨，梁宵盯著自己的麒麟臂，兩隻胳膊明顯的一大一小，右手，也比左手強壯。職業病，有站壞腰的，有累折腿的，她是把自己累得不平衡了。和塵肺病相比，小小的麒麟臂，不慶幸嗎？「我不死，我要活，想要逼死我，瞎了你眼窩！」——白毛女的這個唱段，近來總在耳邊迴響，她是想念老家了。

在工廠的青春歲月，她寫的週總結、旬總結、月總結、季度總結、年度總結……，現在，統統還用得著，只是，鳥槍換炮，那支圓珠筆，變成彈鋼琴一樣快的電腦了。內容嘛，大概差不多，一樣的語系，一樣的套路，寫這些，算童子功。本來公文是由辦公室炮製的，她一後勤科，小趙館長治她，她不是有理想嗎，願意寫嗎，那就好好給單位寫吧。

梁宵不暢快，長久的不暢快，讓她出現幻覺，她幻想自己，也像白毛女一樣，昂然地頭髮一甩，兩手一扽，腳尖立在地當央，亮相，造型，唱那麼一嗓子：「我不死，我要活，想要逼死我，瞎了你眼窩兒！……」

幻想歸幻想，現實是她邊洗臉邊看著自己粗細不勻的兩條胳膊：該去好好鍛鍊了，讓左臂，也強壯起來，跟右胳膊一樣勻稱。這樣想著，她拿上運動包，出門時，嗓子竟輕哼出《白毛女》的另一個唱段：「太陽出來了！——太陽出來了，喲呵依喲呵——」她真的像白毛女那樣一個腳尖輕跳，又學著大春的樣兒，一隻胳膊推向遠方。奔向體育館，開心極了。

一個上了年紀的女教練，正在教一幫小孩子打球。女教練花白的頭髮剃得很短，像男人。一攀談，板寸教練還是前世界冠軍呢。梁宵付了學費，加入到她們中間，很快就打得不亦樂乎。小姑娘個個都梳著男孩樣的短髮，每一板打過去都要叫喊一聲，這是教練教的戰術，呼喊，大叫，打出鬥志打出威風。很多人向這邊看，他們也許驚詫小孩子的聲音，也許驚詫，梁宵和女教練這兩個成年人的裝扮，一個是板寸，一個是弄不清職業的中年婦女。叫迦南的那個小姑娘走過來說：「阿姨，他們看妳呢。」

「不，是在看妳們，妳們打得很美。」梁宵說。迦南亮亮的眼睛，一笑眼睛像星星，梁宵喜愛地摸了摸她的頭髮。小姑娘仰起臉，舉起小拳頭，說：「看，看我的手。」

她小小的右臂，竟粗壯如成年人。

那隻小拳頭，虎口處磨出了硬硬的繭，如多長了一塊東西。

她說：「我這是麒麟臂，打球打偏的。」小姑娘嘻嘻一笑。

「麒麟臂？妳練多少年了？」梁宵問。

「快十年了吧。我媽三歲就讓我學球了，搆不著，把我抱到檯子上練。」

「那妳今年多大了？」

「十二歲了，我是老隊員。她們都叫我大哥呢！」

「大哥？那妳叫她們什麼？」梁宵問。

「我叫她們老弟。」小姑娘說話脆脆的，說完還捂嘴一笑，星星樣的眼睛閃了又閃。她說：「我們這兒全這樣叫，她是老張，她是老李，我們論哥們兒……」

梁宵看著花朵般的「老張，老李」，心裡「咚，咚」，像掉進了兩枚石子兒。

回到家，上樓，開門，她一下就愣住了——屋裡的廊道上，水簾一樣，滴滴答答，樓上漏水啦！跑上樓，敲門，屋內沒有回應。再敲，使勁敲，依然沒有人。梁宵打物業電話，物業的讓她直接報警。

警察來，把樓上破損的水龍頭，關上了。

幾個小時後，樓上的人家回來，她們是租戶。梁宵說：「妳們家把我的房頂泡了，咱們說說，怎麼辦吧。」

娘仨兒面面相覷，像聽不懂她的話一樣，妳看看我，我看看妳，然後，開始說群口相聲一樣：「不知道哇，也不是故意的，水管子壞了，俺們有什麼法兒……」梁宵聽出是她的故鄉人，她了解那方水土，尤其是人，不但賴，還野、生、蠻。不管，不賠，不賴她們，她家還受損失了呢。要找，就找開發商，他們是蓋房子的，蓋的房子不合格，水龍頭、水管子也差，她們家也泡了，找誰抱屈呢！

梁宵看著她們，氣得一句話都沒說出來。

老太太最後說：「要不，妳去找房東吧，俺們錢都給他了，俺們只負責住，房子壞了，由他修。妳找他，跟俺們說不著，說也白說。」說完，「哐」地把門關上了。

隱約見過樓上這一家人，五六口，像是一對父母，帶著兩個沒有女婿的女兒，還有兩個孩子。看來是老頭和孩子躲在屋裡，由老太太和女兒出來應戰，典型的東北潑婦打法。女人出面，文的、武的她們全不怕。你能怎麼辦？

梁宵站了一會兒，沒有再敲門，回到自己屋，她開始給老楚打電話。分開以來，她打過他兩次電話。一次是問電卡放哪兒了，她要繳費。一次，是燃氣費找不到繳費網點，問他。現在，房頂漏水了，生活有麻煩，還得找他。

老楚的日子比她好過，男人老了，叫黃金王老五呢。況且，他還有個小呂。一個男人面對社會，都比女人強大，何況是兩個男人加在一起。房漏這樣的事，對梁宵來說是塌天，而他們，對付起來綽綽有餘。電話中她也不囉嗦，直接說了樓上泡下水來，還不講理。她要他去跟他們講理，去跟他們要錢，幫助修。

老楚在電話那端吞吐了半天，幫她要錢？那怎麼行。他說：「我，我，我去找他們？那個房東，以前不是找過嗎，根本不講理，不接電話。讓我去找，要錢，我一個老爺們兒，張得了那個口？」

「你就不是個爺們兒！」梁宵憤然地掛斷了電話。

坐下，喘息，有短信進來，是罰單通知。她的小QQ，在哪個路口又被罰了。罰款你也該有個證據啊，我哪兒走錯了？交管局，跟老錢一樣，也是人民幣的收割機！

梁宵早上升起的好心情，全沒了。

正生著氣，大姐來電話，說：「棟棟的陸虎被扣了，酒駕。」「還沒到晚飯時間，怎麼就酒駕了呢？」大姐說：「現在的交警，可賊了，他們不再晚上堵人，飯前也照樣讓你吹那玩意兒，說這叫宿醉，前一天喝的。」大姐把「宿」說成了「許」，東北人都這麼叫，許醉。她說：「許醉了不只罰款，還辦學習班呢，車也不能開了。」

大姐說：「找找人，哪管多罰點錢，別不讓開車呀。小柳說不讓開車天天咋出門呢。」

「小柳有錢，讓她直接去交管局送錢吧。」梁宵說。

大姐感覺她的話裡不對味，不吭聲了。

梁宵說：「姐，我現在屋裡正漏水，煩心事一大堆。棟棟的事，我管不了，交警剛才還通知我交罰款呢。小柳有錢，有錢能使鬼推磨，妳就讓小柳直接去找交管局吧，那幫東西，是閻王殿，砸錢肯定好使！」

大姐不知她為什麼火氣這麼大，怯聲問：「是不是，和老楚，鬧意見了？」

「老楚早就嘎嘣死啦！」梁宵說完撂斷了電話。

整個晚上，她都望著屋頂發呆，像屈原的〈天問〉一樣，開始問房頂：「這房子漏成這樣了怎麼辦？物業不管怎麼辦？無賴人家那麼無賴怎麼辦？還有車子亂貼罰單，橫徵暴斂，怎麼辦？」她呆望房頂問了很久，一個怎麼辦都沒有解決。索性，飯也沒吃，躺下來刷手機。

新聞沒什麼看頭，她點開了切水果的頁面。

一柄快刀，殺伐一切水果，切得越碎，得分越高。這個遊戲有助緩解心神，她手指靈活地切起來。突然，一個陌生號打進來，在人人用微信溝通的當下，隨便打電話，已經顯得老土了，尤其是不熟悉的人。這會是誰呢？梁宵停止了切水果，沒好氣地接通。

一個混合著東北口音和華北口音的女人，叫她「小梁」，讓她猜猜她是誰。

梁宵的腦子裡劃過一個名字，是周韻？「周姐？」

「哈哈，妳還沒忘了妳周姐啊。」周韻在那邊高興地說。

她說她也在華北生活快二十年了，當年小梁走後，她也走了。沒想到，兩人離得這麼近，卻從沒見過面。

梁宵也很高興，早晨想到了工廠、俱樂部、白毛女，現在，那個第六感官就應驗了。她關掉遊戲頁面，和小周聊了起來。兩個人二十多年沒見，看來周韻對她是了解的，不用介紹她都門清兒。周韻的情況呢，女兒已在南方上大學，她和丈夫在華北這裡開公司。業務有多大呢，每次銀行都要用車來接。小梁誇小周姐還是那麼能幹，周韻說：「哪兒啊，比起妳，我們掙再多的錢，也沒用。」

她們又談到了老穆，老穆現在的生活。當年那個偷蔥偷蒜偷避孕套的小氣女人，現在，生活也好了，她的兒子，在海南買了房。老穆沒丈夫了，經常去海南住住，也過候鳥的生活了。

然後，又嘮到了廠長、書記、那些副廠長們。「現在，他們多數都不行了。」周韻告訴她。「魏廠長、金書記，一個去世了，一個在監獄。」周韻說。「最有心眼兒的，要數那個分管財務的沈副廠長，他在大家光知道悶頭掙錢的時候，人家已經在北京悄悄買房了。那麼早買的房子，還是二環裡，妳說，現在得值多少錢?!還有，他兒子，也整到美國去了，還安了家。更讓大夥兒瞪眼的，是他還偷偷生了二胎，兩窩兒。現在政策一變寬，他啥事兒沒有了。金書記、魏廠長他們監獄的監獄，地獄的地獄，唯有他，北京住住，國外走走，兩個兒子也都整得挺好，錢多得花不完，妳說這個沈副廠長，是不是人精！」

不但是人精，簡直是妖精、人魔。梁宵心裡說。當年，這個沈副廠長，走路都沒聲，說話也沒氣兒，幽靈一樣。果然與眾不同。

「多虧咱們早出來。妳不知道，咱們那旮旯兒，現在山上都成了禿瓢兒，一根兒木頭都沒得賣了。下崗那些，有病沒錢治，全都瞪眼兒等死。」周韻說。

「那，咱們的廠房，還有俱樂部，現在做什麼用？」梁宵問。

「還是被人承包唄，頭幾年堆木頭。後來，木頭賣光，又開始養狗，俱樂部變成了狗舍。這幾年狗不好賣，聽說又在院子裡養狐狸了，冬天賣狐狸皮，以假亂真，當野狐狸皮賣，挺掙錢。」周韻說。

「那，咱們那兒的一千多號職工呢？」

「早都回家了。散夥時，一人才給了不到兩萬塊錢。」

兩人撂斷電話後，梁宵又開始記日記，她一筆一劃，寫下：「人生，有點像那百米賽跑，很快，很短。有多少人還沒開始，一生就已經結束了。又有多少人，拚了命，跑一圈，結果，還是回到原點。」

14

春天的時候，單位的三產「一鍋燉」問題，終於解決了。錢書記順利退休，沒有把晚年生活過到監獄去。小孫主任的日子，好過起來，他現在只須對一個人負責，不用走鋼絲了。人事科的小李，提拔了，這個說話都說不囫圇的人，竟然當起了官兒。當上官兒以後，小李的兩隻眼睛更是一隻東一隻西了，每天，都扛著肩膀走路，派頭十足。

佳寶辦了停薪留職，帶著小小去她丈夫工作的城市了。她給梁宵來電話說：「應聘了一家公司，雖然有點累，但不用表演。私營公司，實打實要妳真本事。不像咱們，每天虛張聲勢，還糟蹋錢。」

梁宵為她高興，還引用了「籠雞有食湯鍋近，野鶴無糧天地寬」來比喻。她們再次討論了年輕時要勇敢的問題，做事趁早，不要讓理想總是在兜裡裝著，晃來晃去，都晃進了廁所。佳寶在那邊呵呵笑，讓她放心吧。

武紅退休了。不到年齡，就提出申請，提前退了。因為生活無憂，武紅才可以不在乎提前退下少開的那部分。武紅是單位裡幸福指數最高的女人。

兩個好友的離開，梁宵感到了孤單。她每天，看紀錄片一樣看著周雲、穆向麗她們忙碌，她們忙碌著進，忙碌著出，謀思路，求發展，打報告，要撥款，申請辦班，上專案花錢……。器材科那個喜歡睡懶覺的小胖子，趙館為他成立了一個市場辦。民俗研究館有了市場辦，小胖子的市場辦比規劃辦還熱鬧，他任了副主任，打法和周雲她們一個路數——要錢、搞事、上專案，讓市場與民間藝術相結合。反正能與傳統文化掛上鉤的，一路綠燈。小胖子不再睡懶覺，每天腳下裝了發條一樣，彈個不停。

登場的七零後虎狼之師啊！梁宵心裡感嘆。

快下班時，她接到了周韻的電話，梁宵的手機鈴聲也改成了久石讓的〈天空之城〉：傳說在那遙遠的天上，閃耀著一道光芒。有一座美麗的城市，隱隱地浮在雲中央，我不知它的模樣……。周韻說：「我已來到妳家門口啦！」

那條大辮子，那個婀娜的身段，終於被歲月偷樑換柱了——小粗缸一樣的腰圍，爆著花的小短髮，兩個女人都老了，還互誇著彼此的年輕。周韻是開車來的，長途遠行，大越野，多麼地拉風。梁宵的小ＱＱ，臥在她車旁，像一隻駱駝身邊的小小鳥兒。她們先進了梁宵的家，算認門。周韻告訴她，酒店都訂好了，她邀請她一起到酒店吃飯，過夜。

這樣的安排，讓梁宵又一次見識了周韻的聰慧和果敢。

兩人躺在奢華的大套房，梁宵感嘆自己這麼多年，出過很多差，卻沒有資格、一次也沒有住過這種星級。她們妳一句我一句，說著當下，憶著當年。周韻還誇她，說她當年就跟大家不一樣，那時大家天天說吃說穿，滿眼就是下巴底下那點事兒。而小梁，看書，寫詩，有追求。妳看，現在大夥兒都下崗了，而她，小梁，還在過著人一樣的生活。

我在過著人的生活嗎？我活得像人嗎？梁宵冒出了一背的冷汗。周韻這樣的話題，她是不敢接的。她很想告訴她，其實，現在和從前，也沒什麼兩樣，比起那些沒文化的土鱉廠長，現在的他們，只能說手段更狠更高明了。那時工廠，好歹還出產品。而現在，多數時候，都在倒糟錢，很多人是舒適地混日子。

這樣的話，她一句也沒說，沉默著像是沉思。不想說實情，也是維持一點小小的自尊。離鄉的人總不會說外面比家裡還差吧，總得讓自己，有點活頭兒吧。

周韻又說到了老廠長：「當年南方老客兒們送的那些錢，他老婆都藏到了枕頭裡，結果被耗子嗑了不少，還有蟲子蛀的。他自己一分錢都沒花，卻把老命搭進去了。看來錢多，真不是啥好事兒。」周韻說完，又覺得不對味兒，她自己家的錢，也不少。就又說：「錢，要看咋來的，自己掙的，花著才踏實。」

後來，梁宵又問起那個扮演喜兒的女工，下鋸手：「她現在怎樣了，在幹啥呢？」

「她啊，大夥兒都叫她破鞋頭子。說她天天帶著一幫老年男女，成立了一個什麼中心，叫藝術合唱團。大白天的，到處嚎，白唱，又沒人給錢，可他們就是有那口癮。公園、廣場，還有朝鮮的那個小屯子，早晨晚上都跑不了他們，天天唱！那幫老太太說，這破鞋頭子，也不知她圖個什麼，又搭錢又搭力的，可她說那是她的理想。呵呵，到處浪，還理想……」

梁宵邊聽邊笑，聽到後來，忍不住都笑出了眼淚，一臉的淚花。

15

會場，還是那個低調而奢華的會場。會場裡的工作人員，換了一撥兒更年輕的。梁宵的前排，是小趙館長、李書記。他們不時地，交一下頭，接一下耳。不知道的，以為他們很和睦、是團結的班子。只有梁宵清楚，這個新來的李書記，正和小趙明爭暗鬥，狠踢頭三腳。

他們的旁邊，多了周雲、穆向麗，她們已經是省管專家了。這是一個團結的大會，與會人員有各方長官，及各界別精英。

外面寒風凜冽，室內溫暖如春。梁宵幾乎熱愛上了這個會場，這麼龐大的裝修，竟然一點氣味都沒有。臺上的幕布，上好的絲絨，那一排鏗鏘的大字，像浮雕，很莊重，很華美。

到處都是高端的投放，沒有一處，不是極致的奢華。就連她們伏著的桌子，也是上好的木頭，光滑，結實。主席臺上坐了有二十來排，黑壓壓一個方陣，都是這個城市最有權力、最有臉面的人物。臺下，近千個座位，也沒有一處空餘，整整齊齊。應該有三個多小時了吧，臺上的，沒有一人起身去廁所。平均六十五歲的年齡，這等坐功，了得。梁宵喝了過多的水，憋著尿，可她起不來，兩旁，長長的一大排，每個人都端端地坐著，妳走不出去。

夾著腿，東瞧西看，分散著注意力。前排的周雲、穆向麗，她們有沒有尿呢？緊密團結在領導周圍，真得有一身硬功夫。中年婦女了，不會比臺上的那些老頭兒更好受，可她們，依然都坐得很好，沒有一個人動身。看來，對付這樣的場合，她們已經頗有經驗和辦法了。

梁宵把兩隻手平放到桌子上，享受一般，慢慢摩娑。她在盼望臺上的唸稿人，快點唸，早點完。一字字，一行行，恍恍惚惚，她彷彿又神遊回了二十多年前的工廠，那時的會場不像現在這麼奢華，講話人要「噗噗噗」地吹紅綢子話筒，「喂喂」地找聲音。那時的幕布，也廉價得像秋天的玉米葉子，一碰，嘩嘩直碎。那時的領導，唸稿翻頁還喜歡蘸唾沫，而如今，都文雅極了。你看那臺上，發言前後，都優雅地一鞠躬，步態、神情，每一招一式，都訓練有素。這是會場和時代的區別。

稿子終於唸完了，投票，完美，百分之百。最後，大家起立，熱烈鼓掌。等到散場時，梁宵衝得比兔子都快，她衝向衛生間，做幸福的第一個排尿者。排完，又飛奔上她的小QQ，飛速開上了高架橋。

路上空曠，排過尿的她，身輕如燕，小汽車像一隻鐵鷹，載著她翺翔在藍天裡。靈魂輕逸，她不知怎麼，竟想起王國維的那句話：「五十之年，只欠一死。」——身體輕了，靈魂真好受啊！她摁開了收音機，後視窗上，是高遠的天空，和兩邊鮮豔的塑膠花，在迎慶。梁宵腳下的油門一踩到底，飛一樣無任何罣礙，羅大佑的〈亞細亞的孤兒〉從音響傳來：

多少人在追尋　那些解不開的問題

多少人在深夜　無奈的嘆息
多少人的眼淚　在無言中抹去
親愛的媽媽　請妳告訴我這是什麼道理？
……

「亞細亞的孤兒，在風中哭泣……」小QQ已如離弦之箭。如果一直這樣飛下去，是不是所有問題都有解了？突然，手機響，是那個叫迦南的女孩兒，她說：「阿姨，妳今天，還來練麒麟臂嗎？我等著妳呢。」

哦，我都忘了。梁宵醒過來似的，慢慢地把腳鬆開，一點一點，腳掌緩抬，那輛失重的鳥兒，終於，終於，蝸牛一樣，慢下了來。

——二〇二〇年夏　寫於石門
——二〇二一年四月十六日　修訂

貓空－中國當代文學典藏叢書11　PG2809

亞細亞

——曹明霞中短篇小說集

作　　者　曹明霞
責任編輯　孟人玉
圖文排版　黃莉珊
封面設計　吳咏潔

出版策劃　釀出版
製作發行　秀威資訊科技股份有限公司
114 台北市內湖區瑞光路76巷65號1樓
電話：+886-2-2796-3638　傳真：+886-2-2796-1377
服務信箱：service@showwe.com.tw
http://www.showwe.com.tw
郵政劃撥　19563868　戶名：秀威資訊科技股份有限公司
展售門市　國家書店【松江門市】
104 台北市中山區松江路209號1樓
電話：+886-2-2518-0207　傳真：+886-2-2518-0778
網路訂購　秀威網路書店：https://store.showwe.tw
國家網路書店：https://www.govbooks.com.tw
法律顧問　毛國樑　律師
總 經 銷　聯合發行股份有限公司
231新北市新店區寶橋路235巷6弄6號4F
電話：+886-2-2917-8022　傳真：+886-2-2915-6275

出版日期　2022年12月　BOD一版
定　　價　320元

讀者回函卡

Printed in Taiwan

國家圖書館出版品預行編目

亞細亞：曹明霞中短篇小說集 / 曹明霞著. -- 一版. -- 臺北市：釀出版, 2022.12
面；　公分. -- (貓空-中國當代文學典藏叢書；11)
BOD版
ISBN 978-986-445-750-2 (平裝)

857.63　　111018529